BRINDISI CON LE STREGHE
UN MISTERO DELLE STREGHE DI WESTWICK

COLLEEN CROSS

Traduzione di
LAURA LUCARDINI

Brindisi con le streghe : un giallo delle streghe di Westwick

Copyright © 2021 di Colleen Cross, Colleen Tompkins

Tutti i diritti riservati. Nessuna parte di questa pubblicazione può essere riprodotta, memorizzata in un sistema di immagazzinamento, o trasmessa in qualsiasi forma e con qualsiasi mezzo elettronico, meccanico, di registrazione o in altro modo, senza il preventivo consenso scritto del titolare del diritto d'autore e dell'editore. La scansione, il caricamento e la distribuzione di questo libro via Internet o qualsiasi altro mezzo senza il permesso dell'editore è illegale e punibile dalla legge.

Si prega di acquistare solo edizioni elettroniche autorizzate, e non partecipare o incoraggiare la pirateria elettronica di materiali protetti da copyright. Il vostro sostegno dei diritti d'autore è apprezzato.

Questo è un lavoro di finzione. Nomi, personaggi, luoghi ed eventi o sono il prodotto della fantasia dell'autore o sono usati fittiziamente, e ogni riferimento a persone reali, vive o morte, aziende, eventi o luoghi è puramente casuale.

Categorie: misteri familiari, maghi e streghe, gialli paranormali divertenti familiari, mistero familiare, misteri divertenti, donne investigatrici, investigatori amatoriali donne, investigatori privati donne, libri di misteri familiari, gialli, suspense, gialli best seller, detective al femminile

ISBN eBook: 978-1-990422-00-3

ISBN Tascabile: 978-1-990422-17-1

Edito da Slice Publishing

ALTRI ROMANZI DI COLLEEN CROSS

Trovate gli ultimi romanzi di Colleen su www.colleencross.com

Newsletter: http://eepurl.com/c0jCIr

I misteri delle streghe di Westwick

Caccia alle Streghe

Il colpo delle streghi

La notte delle streghe

I doni delle streghe

Brindisi con le streghe

I Thriller di Katerina Carter

Strategia d'Uscita

Teoria dei Giochi

Il Lusso della Morte

Acque torbide

Con le Mani nel Sacco – un racconto

Blue Moon

Per le ultime pubblicazioni di Colleen Cross: www.colleencross.com

Newsletter:
http://eepurl.com/c0jCIr

BRINDISI CON LE STREGHE

UN MISTERO DELLE STREGHE DI WESTWICK

Merlot, magia e morte...

La sagra annuale del vino di Westwick Corners è, nei sogni di Cen, l'occasione in cui Tyler le chiederà di sposarla. Tuttavia, quando viene rinvenuto un cadavere, è subito chiaro che merlot, magia e morte non vadano d'accordo!

Brindisi con le streghe è il quinto volume della serie Gialli paranormali delle streghe di Westwick. Ciascun libro può essere letto come giallo a sé stante, tuttavia vi appassionerete ancora di più a questa serie partendo dal primo volume, *Caccia alle streghe*.

CAPITOLO 1

Era una giornata insolitamente fredda, persino per il mese di ottobre. Ero rinchiusa nel mio ufficio, un venerdì pomeriggio. Con il riscaldamento al massimo, fingevo di trovarmi su un'isola tropicale, a sorseggiare cocktail sotto l'ombrellone. In realtà, stavo correndo per rispettare una scadenza. La rilettura in velocità del mio articolo sulla prossima sagra annuale del vino di Westwick Corners non stava andando molto bene. La mia mente continuava a vagare nella terra della pina colada e non stavo concludendo molto.

Sono la regina dell'indugio ed è questo il motivo per cui ero rinchiusa nel mio ufficio desolato all'ultimo piano di un edificio centenario. Mi tenevano compagnia il pavimento scricchiolante, le tubature sibilanti e rumori misteriosi di ogni tipo. Talvolta, lavorare da sola faceva un po' paura.

Avevo saltato il pranzo e faticavo a concentrarmi con la pancia che borbottava, così decisi di uscire a prendermi uno snack prima che il bar in fondo alla strada chiudesse. Avevo appena afferrato la giacca quando la porta della sala d'attesa sbatté forte. Rimasi immobile. Non stavo aspettando nessuno.

Solo una partizione separa la sala d'attesa dal resto del piano. La parte superiore della partizione è in vetro smerigliato. La partizione risale agli anni '40 e inizialmente volevo sostituirla, tuttavia con il passare del tempo mi ci sono affezionata. Mi ricorda un'agenzia investigativa alla Sam Spade.

Il *Westwick Corners Weekly* non appartiene esattamente al giornalismo d'avanguardia, quindi non mi ero mai dovuta preoccupare di molestatori o di altri fuori di testa. Almeno fino a quel momento, quando solo una partizione mi separava da un intruso sconosciuto.

Non chiudo le porte a chiave. Mi piacerebbe, dato che sono un tipo prudente, ma a Westwick Corners "non si fa". Nelle piccole cittadine vige l'influenza sociale.

Le visite che ricevevo erano praticamente pari a zero, specialmente a quest'ora del giorno: chi poteva esserci nella sala d'attesa? Ultimamente c'era stata gente di passaggio in città. Improvvisamente, questo visitatore imprevisto mi rendeva nervosa. Ignorai l'istinto di domandare chi fosse e, invece, riposi la giacca e afferrai una scopa dal mobiletto delle pulizie. L'effetto sorpresa mi avrebbe dato un vantaggio.

Camminai in punta di piedi verso la porta e rimasi in attesa.

Un'ombra scurì improvvisamente il vetro smerigliato. Un'ombra enorme!

La porta si aprì.

Un attacco a sorpresa era la mia unica possibilità. Sferrai un colpo con la scopa.

"Cen! Cosa diavolo...?"

"Oh cielo, Tyler! Stai bene?" Abbassai la scopa.

Il mio aitante fidanzato, nonché sceriffo della cittadina, era inginocchiato con un braccio sopra la testa, in posizione difensiva. "Non è esattamente come me lo immaginavo".

"Come immaginavi cosa? Ti saresti dovuto annunciare". Il

mio volto arrossì, mentre io sognavo a occhi aperti. Io e Tyler eravamo su una spiaggia del Pacifico del Sud. Lui era in ginocchio e mi chiedeva di sposarlo. Apriva la custodia dell'anello e...

Tyler mi guardava con i suoi intensi occhi scuri. "Cen, viviamo in una cittadina sicura. Sai che ci sono io a proteggerti. Rilassati..."

Mi sentivo sempre al sicuro tra le sue braccia, quelle braccia che avrei potuto facilmente rompere se lo avessi colpito più forte. Abbassai la scopa.

Fu in quel momento che notai il sacchetto di carta marrone che teneva in mano, dello stesso colore della sua uniforme. Il sacchetto sapeva di muffin alla banana.

"Sono...?"

"Si, i tuoi muffin preferiti". Tyler si alzò in piedi e me ne offrì uno. "Lo sai che uscire con un poliziotto non ti autorizza a usare la forza bruta, vero?"

Infilai la mano nel sacchetto e afferrai un muffin ancora caldo. "Lo so... scusami. È solo che... questo edificio fa un po' paura ora che sono qui da sola". L'edificio aveva ospitato in passato avvocati, commercialisti e altri professionisti. La nostra cittadina quasi-fantasma aveva visto giorni migliori e ormai sopravviveva a stento. La maggior parte degli abitanti lavorava e faceva compere a Shady Creek, a un'ora di distanza. Di fatto, era lì che si trovavano quasi tutti in questo momento, in questo venerdì pomeriggio.

Tyler si avvicinò e mi baciò. "So che hai una scadenza da rispettare, ma mi sembri un po' nervosa. Conosci tutti qui. Di cosa hai paura?"

Diedi un morso al muffin, non potevo più resistere. "Di nessuno, in realtà. Avevo solo questa strana sensazione che... non so. Forse avevo bevuto troppo caffè, tutto qui".

"Forse". Tyler sorrise. "Mi chiedevo se avessi qualche programma per stasera".

"Ehm... solo con te. Perché me lo chiedi? Passiamo sempre insieme il venerdì sera". Da più di un anno trascorrevamo insieme quasi ogni fine settimana, senza doverci invitare a vicenda a uscire. Ormai era una cosa scontata. O almeno così pensavo. Perché, all'improvviso, me lo stava chiedendo?

"È solo che... vorrei che stasera fosse una serata speciale. Una di quelle serate in cui ti liberi da ogni impegno e non controlli il portatile. Pensi di poterlo fare?"

"Naturalmente. A che ora?" Sentii il peso del lavoro che dovevo finire e della catastrofe che mi aspettava nel grazioso bed and breakfast di famiglia. Avevo anche promesso di aiutare il mio vicino a prepararsi per la sagra del vino...

"Va bene alle otto? Devo chiudere un caso".

"Perfetto". Non c'era abbastanza tempo, ma mi sarei organizzata in qualche modo. "Cosa faremo?"

"È una sorpresa" rispose Tyler. "Spero che ti piacerà".

Passai il resto del pomeriggio a pensare alla sorpresa di Tyler. Meno male che non l'avevo ucciso con la scopa.

Riuscii a finire il mio articolo e smisi di lavorare alle quattro.

Uscii su Main Street. Non c'era in giro nessuno. C'era qualche macchina parcheggiata lungo i due isolati che costituivano il centro di Westwick Corners.

Mi infilai sotto il braccio l'ultimo numero del *Westwick Corners Weekly* e abbottonai il colletto per proteggermi dal vento gelido. Era insolitamente freddo per il mese di ottobre e il vento sollevava le foglie intorno ai miei piedi mentre mi avviavo verso la macchina. Tyler aveva ragione: Westwick Corners era una cittadina sicura. Ciò nonostante, mi sarei sentita meglio se ci fosse stata più gente in giro.

Pensai al mio articolo sulla sagra del vino di Westwick Corners, in programma questo fine settimana. Quello dedicato alla sagra annuale era sempre uno dei numeri più importanti, perché le aziende vinicole portavano sempre soldi in pubblicità prima della sagra, soldi che a me servivano disperatamente.

Avevo rilevato il piccolo giornale locale diversi anni fa, quando l'ex proprietario era andato in pensione, comprandomi di fatto un lavoro per poter rimanere nella mia cittadina natale. In qualità di unica dipendente, mi occupavo di tutto: articoli, fotografie, pubblicità e distribuzione. Sopravvivevo a malapena con ciò che guadagnavo, ma era uno dei pochi modi per guadagnarsi da vivere in questa pittoresca cittadina che stava lentamente tornando in vita dopo decenni di incuria.

Pensai anche alla sorpresa di Tyler. Quando un ragazzo sorprende una ragazza, gli scenari sono limitati. Di cosa si trattava? Una proposta? Mi era sempre sembrato strano che fosse l'uomo a decidere dove e quando fare una proposta di matrimonio. Allo stesso tempo, ero emozionata perché da un po' avevo capito che avrei voluto passare il resto della mia vita con lui.

Raggiunsi finalmente la mia triste Honda CRV parcheggiata a poca distanza, lungo la strada. Estrassi le chiavi dalla tasca e aprii lo sportello. Sebbene desiderassi andare dritta a casa e mettermi al calduccio davanti al grande camino del Westwick Corners Inn, la locanda di proprietà della mia famiglia, ciò avrebbe dovuto aspettare. Mi ero già impegnata ad aiutare un vicino di casa.

Antonio Lombard era un produttore di vini di seconda

generazione che stava attraversando un periodo difficile. I suoi problemi erano diventati evidenti quando l'avevo intervistato per il giornale locale. Stavo scrivendo uno dei tanti articoli che ogni anno dedicavo all'imminente sagra del vino, che attirava molte aziende vinicole provenienti da tutta la regione, incluse alcune aziende locali. Gli articoli parlavano delle cantine locali, dei loro ultimi vini e delle aziende che li producevano.

Quando intervistavo i concorrenti per saperne di più sui loro vini, la conversazione spesso lasciava spazio ai pettegolezzi sulla gara, la maggior parte dei quali poi pubblicavo. Gli abitanti della cittadina divoravano queste storie e spesso sceglievano i propri concorrenti preferiti in base ai dettagli più scandalosi, sempre abbondanti, anziché in base alla qualità dei vini.

I concorrenti erano in lizza per diversi premi e la posta in gioco era alta. Vincere non significava solo potersi vantare. Una vittoria garantiva una maggiore quantità di vendite, grazie alla maggiore visibilità del proprio marchio sul mercato. I vini vincitori attiravano inoltre l'attenzione di compratori regionali e nazionali; ciò poteva aumentare notevolmente i volumi di vendita e i guadagni. In altre parole, la gara poteva determinare il successo o il fallimento di un'azienda.

Tutto ciò sembrava avere un peso enorme su Antonio Lombard, che insieme al fratello Jose gestiva la Lombard Wines, poco distante da me e dalla mia famiglia di locandiere e streghe a tempo perso. Anche noi avevamo una cantina vinicola, gestita da mia mamma grazie ai consigli di Antonio, che da un paio d'anni la aiutava. Non mi stavo recando da Antonio solo perché ero una buona vicina di casa; gli dovevamo davvero molto.

Si potrebbe pensare che, siccome sono una strega, avrei potuto semplicemente lanciare un incantesimo per fare scomparire i problemi di Antonio, tuttavia vigono delle regole ferree sull'interferenza nelle vite altrui. E io osservo le regole. Non dico bugie, non imbroglio né ricorro alla stregoneria in modo frivolo. Ok, ammetto che imbroglio un po' con la dieta, ma quando si tratta di stregoneria, rispetto sempre alla lettera le regole della Witches International Community Craft Association, l'organo mondiale di governo delle streghe. Il mancato rispetto delle regole della WICCA potrebbe costarmi la licenza di strega. Non avrei mai rischiato di perdere qualcosa che avevo faticato così tanto a ottenere.

Mi misi al volante, allacciai la cintura di sicurezza e mi chiesi se fosse già troppo tardi per aiutare Antonio. Quando ero arrivata per intervistarlo ieri, c'era già un gran caos. Antonio era a malapena coerente, sebbene l'avessi già intervistato molte volte e potesse rispondere a occhi chiusi. Tutto era in disordine, c'erano scatole vuote e cassette ovunque. E come se ciò non bastasse, Antonio non aveva ancora imbottigliato il vino per la sagra di domani! Era evidente che il mio vicino si trovasse in una brutta situazione.

Nonostante ciò, ero riuscita a scrivere il mio articolo sulla Lombard Wines riutilizzando qualche frase e qualche foto dell'articolo dell'anno precedente. Avevo cambiato qualche dettaglio qua e là ed ero rimasta vaga riguardo alle novità della casa vinicola e ai vini che avrebbero partecipato alla gara di quest'anno.

In realtà non stava succedendo nulla, perché Antonio era bloccato in un qualche tipo di paralisi mentale.

Poiché ero giornalista, redattore ed editore del mio giornale, potevo prendermi qualche libertà con i fatti. Inoltre, come zia Pearl amava dire, il mio giornale non lo leggeva nessuno. Volevano solo i volantini e i buoni sconto contenuti al suo interno.

Dovevo fare qualcosa per aiutare Antonio. Magari potevo salvare abbastanza vino per garantire che la Lombard Wines facesse almeno una comparsa alla sagra. Quando misi in moto la macchina, due mani gelide afferrarono le mie spalle da dietro.

CAPITOLO 2

"Aiuto!" gridai, ma mi uscì solo un gracchio. Nessuno mi avrebbe mai sentito in quella strada deserta. Era un furto d'auto, un rapimento, o entrambe le cose? Mi ero sentita al sicuro a Westwick Corners.

Fino a quel momento.

"Taci e guida" sussurrò la voce. La morsa intorno alla mia gola si allentò un pochino.

Era difficile capirlo da un sussurro, tuttavia la voce mi sembrava vagamente familiare. Sebbene le mie mani tremassero, riuscii a inserire la marcia. Con il piede sul freno, cercavo di pensare a come uscire da questa situazione.

Dovevo provare a lottare? Dovevo suonare il clacson? Non ero mai stata presa in ostaggio. Cercai di prendere tempo per capire cosa fare.

"Insomma, Cendrine! Devi proprio guardare dietro due volte?"

Feci un sospiro di sollievo, mentre staccavo quelle dita ossute dal collo. Zia Pearl mi chiamava con il mio nome intero solo quando era arrabbiata con me. Non avevo idea di cosa avessi fatto per farla arrabbiare.

Probabilmente nulla.

"Come sei entrata nella mia macchina?" chiesi.

"Non ti dovrebbe sorprendere, sei una strega dopo tutto. E, come al solito, sei in ritardo. Mi si è congelato il sedere ad aspettarti per quasi un'ora. Perché ci hai messo così tanto?"

"Avevo del lavoro da finire. E non mi risulta che avessimo un appuntamento, o sbaglio? Perché sei entrata nella mia macchina? Spero che tu non abbia spaccato il..."

"Smettila di interrogarmi, Cen. Abbiamo un lavoro da fare".

"Non so di cosa tu stia parlando, zia Pearl". Ho già altro da fare".

"Di sicuro non con il tuo sceriffo. Lo sai che non sta facendo tardi in ufficio come ti ha detto, vero?"

"Smettila di creare problemi. Mi dispiace che non ti piaccia. Ma non andrà da nessuna parte".

"So dov'è, Cen". Zia Pearl si portò un dito alle labbra. "Non chiedermelo, perché non te lo posso dire. Ho giurato di mantenere il segreto".

Non le avrei dato la soddisfazione di chiederle cosa sapesse. "Sto andando alla Lombard Wines per aiutare Antonio a imbottigliare il suo vino per domani".

"Non fare finta che salvare Antonio sia stata una tua idea. Lo sai che è quello il motivo per cui sono qui".

"No... non lo sapevo".

"Ti prendi sempre il merito di tutto. Metti in moto questo carrozzone e andiamo".

Zia Pearl ora era seduta di fianco a me, nel sedile del passeggero, più ingombrante che mai nella sua giacca a vento. Sotto indossava una tuta di velluto viola e ai piedi portava delle scarpe da ginnastica. Aveva lo sguardo fisso davanti a sé.

Non ricordavo di averla vista passare sul sedile davanti;

probabilmente aveva fatto un incantesimo. Si trattava di una palese violazione delle regole della WICCA, ma a zia Pearl non interessava minimamente.

Ero anche certa che l'idea di aiutare Antonio fosse stata mia, ma decisi che non valeva la pena mettersi a litigare.

Sospirai. "Non mi prendo alcun merito, zia Pearl. Sono felice che tutte e due stiamo cercando di aiutare Antonio. Ci metteremo meno tempo".

Dieci minuti dopo eravamo alla Lombard Wines, mezze congelate dentro quell'enorme edificio cavernoso che faceva da sala di degustazione e cantina vinicola. Il riscaldamento era spento e faceva così freddo che dalla bocca mi uscivano delle nuvolette.

La situazione sembrava peggiorata rispetto al giorno prima. Nella sala di degustazione erano sparse botti rovesciate e scatole; alcune bloccavano i corridoi che conducevano ai grandi tini di acciaio. Il pavimento di cemento lucido era sporco di impronte fangose. Le impronte conducevano all'ingresso principale e al retro dell'edificio, dove delle scale portavano al sotterraneo.

La scena era caotica, in netto contrasto con l'abituale ambiente impeccabile.

Rabbrividii. Sembrava persino più freddo dentro che fuori. Antonio aveva forse spento il riscaldamento per risparmiare.

Le luci erano accese, quindi la corrente non era stata staccata. Temevo tuttavia che sarebbe successo a breve.

Antonio Lombard era seduto su uno sgabello al bancone delle degustazioni e ci dava la schiena. Aveva le spalle curve e i gomiti sul bancone.

"Antonio! Datti una mossa!" La voce di zia Pearl riecheggiò nell'enorme salone.

Antonio sobbalzò e si voltò, spaventato. "Cosa volete?"

Aveva la barba incolta e i suoi capelli sembravano essersi ingrigiti durante la notte. Al posto del suo abbigliamento abituale composto da polo e pantaloni di cotone, indossava una vecchia maglietta bianca macchiata di vino e un paio di jeans scoloriti, con tagli alle ginocchia e bordi sfilacciati. Indossava delle infradito al posto delle scarpe. Sembrava trascurato tanto quanto la sua azienda vinicola. Non l'avevo mai visto così.

"Dobbiamo imbottigliare il vino, ti ricordi?" A giudicare dallo stato della cantina, non se lo ricordava. "Dicci cosa dobbiamo fare".

Zia Pearl batteva il piede con impazienza. "Antonio, non ho tutto il giorno a disposizione. Vuoi che ti aiutiamo o no?"

Antonio non sentiva oppure faceva finta di non sentire. Fissava il vuoto.

"Tutto questo è ridicolo! Mi trascini qui e lui ci ignora completamente". Zia Pearl batteva il piede con impazienza. "Il tempo è denaro, Cen".

"Non ti ho trascinata qui. Sei tu che sei entrata nella mia macchina, ricordi?" Mi ero già pentita di averla portata con me. "Possiamo concentrarci su Antonio anziché litigare?"

"Devi sempre avere l'ultima parola" borbottò zia Pearl.

Mi premetti un dito sulle labbra e parlai a bassa voce. "Antonio ha qualcosa che non va, zia Pearl. Non l'ho mai visto così. È distratto, depresso o... non so". C'è qualcosa che non va e non riesco a capire cosa sia".

Zia Pearl si mise a ridere. "C'è qualcosa che non va? Sei spassosissima. Ci hai messo un po' a capire che Antonio è impazzito".

Aspettammo per quasi un'ora che Antonio si organizzasse,

ma la sua attenzione era rivolta altrove. Versava del vino da uno dei grandi tini di acciaio e poi appoggiava il bicchiere senza nemmeno assaggiarlo. Le sue labbra formavano delle parole senza emettere alcun suono. Correva dai tini all'area d'imbottigliamento, poi si voltava come se avesse dimenticato qualcosa. Correva giù dalle scale, nel sotterraneo. Un minuto dopo riemergeva a mani vuote, quindi ripeteva tutto daccapo.

Volevo aiutarlo, ma non era facile. Aveva faticato così tanto per fare andare avanti l'azienda di famiglia, la Lombard Wines, in questi ultimi anni, ma era sempre stato molto sfortunato. Sembrava completamente sopraffatto. Era prigioniero di un circolo vizioso.

Eravamo bloccate anche noi. Sono una strega, non una psicologa. Volevo aiutare, ma non sapevo come.

La voce stridula di zia Pearl ruppe il silenzio. "Antonio! Ora basta! Qual è il tuo problema? Datti un contegno!"

Antonio si portò le mani alla testa. Si coprì le orecchie, per non sentire la voce di zia Pearl. Iniziò a scuotere lentamente la testa, avanti e indietro, sussurrando "no" a un nemico invisibile. "Sto cercando di pensare ma... è tutto così... troppo!"

Prima che potessi fermarla, zia Pearl attraversò la stanza in direzione di Antonio.

Si mise davanti a lui e gli afferrò gli avambracci con le sue mani ossute. Lo scosse e si mise a urlargli in faccia. "Ehi! Svegliati!"

Corsi a fermarla. "Non penso che..."

"Stanne fuori, Cendrine" ringhiò zia Pearl. "So cosa sto facendo".

Il temperamento di zia Pearl stava per avere la meglio e Antonio era già messo male. Avevamo un unico obiettivo, ovvero imbottigliare il vino e prepararlo per la sagra.

L'imbottigliamento all'ultimo minuto non era ideale, tuttavia non avevamo altra scelta. Senza bottiglie, né tappi né etichette, era pressoché impossibile fare tutto, anche per una strega. In teoria avrei potuto fare apparire queste cose, ma la stregoneria a fini di lucro era severamente proibita, anche se per far guadagnare altre persone.

La Lombard Wines commerciava a Westwick Corners da generazioni. Tutto ora era a rischio a causa della crisi personale di Antonio Lombard. Temevo che la casa vinicola stesse per andare in fallimento.

Non avevo ancora alcuna idea dei problemi di Antonio. Quest'anno la vendemmia era stata ottima e Antonio era un enologo esperto; normalmente ci sarebbe stata un'attività frenetica, con la pigiatura dell'uva, la fermentazione e i travasi nei grandi tini. Per poter fare tutto ciò, il vino dell'anno precedente doveva essere estratto dai tini e imbottigliato. Era quello il vino che ci serviva per la sagra e ancora Antonio non aveva incominciato.

Il vino dei Lombard non si sarebbe imbottigliato da solo. Il futuro di Antonio dipendeva dal successo alla sagra annuale del vino di Westwick Corners. Il suo futuro dipendeva anche dal fatto che zia Pearl allentasse la presa dalle sue braccia, ormai bianche a causa della scarsa circolazione.

Antonio aveva un'espressione di sofferenza, ma non reagiva. Sapeva che qualsiasi segno di debolezza avrebbe fatto stringere ancora di più la presa a zia Pearl. La sua mole era il doppio rispetto a quella di mia zia ma, come noi tutti, anche lui era terrorizzato da lei.

"Zia Pearl! Stai facendo male ad Antonio!" Mi avvicinai e, lentamente, staccai le mani di zia Pearl dalle braccia di Antonio. Forse avrei dovuto sbatterla fuori dalla macchina dopo il suo tentativo di strangolamento. A parte il fatto che mi aveva fatto quasi venire un infarto, adesso stava rallentando le cose. Ero sicura che ci fosse un ulteriore motivo per la sua presenza.

Cercai di mantenere una voce calma. "Ce la faremo a fare

tutto, insieme. Ma prima pensiamo alle cose più importanti. Dove tieni le bottiglie?"

Antonio sospirò e si sedette su una sedia. Indicò delle scatole dietro al tavolo dell'imbottigliamento, dove ci trovavamo io e zia Pearl. "Là".

Zia Pearl tirò verso sé le scatole e le controllò una dopo l'altra. "Antonio, qui non ci sono bottiglie. Queste scatole sono tutte vuote".

Antonio aggrottò la fronte. "Che strano. Tutte le mie bottiglie sembrano essere misteriosamente scomparse".

"Ci hai implorato di aiutarti e non ti sei nemmeno preso la briga di controllare le tue scorte?" Zia Pearl alzò le mani al cielo. "Non sono sparite da sole. Ammettilo, Tony. Ti sei scordato di ordinarle".

Antonio odiava essere chiamato Tony. Zia Pearl lo stava volutamente irritando.

"Penso di avere altre bottiglie nel sotterraneo" disse Antonio.

"Bene, vado a controllare". Zia Pearl si incamminò verso le scale che conducevano alla cantina.

Antonio si alzò. "Vado io. Tu non puoi entrare, c'è una serratura biometrica. Si può entrare solo con la mia impronta digitale".

"Che bello..." disse zia Pearl con tono ironico. "Hai usato i soldi per comprare quella al posto delle bottiglie?"

Antonio la ignorò e si recò verso il retro dell'edificio, dove una scala a chiocciola in ferro battuto conduceva alla cantina.

"Questa la devo proprio vedere". Io e zia Pearl lo seguimmo, giù per le scale, fino a un piccolo ballatoio sul quale si affacciava la pesante porta d'acciaio della cantina. Accanto alla porta c'era una grande botte in legno di quercia, che lasciava a malapena spazio per Antonio. Io e zia Pearl rimanemmo in piedi sugli ultimi gradini, mentre Antonio apriva la porta.

Sopra alla maniglia c'era una serratura moderna, con un tastierino numerico e un riquadro di vetro. Sembrava nuova; non ricordavo di averla mai vista. Era da un anno che non scendevo nella cantina.

Antonio premette diversi numeri sul tastierino, quindi appoggiò il dito indice sul vetro. La serratura emise un clic mentre si sbloccava. Antonio aprì la porta.

"Prima devo inserire il codice di sicurezza, poi il lettore biometrico legge la mia impronta digitale. Dovrebbe accendersi una lucina verde, ma si è scaricata" disse. Entrò nella vasta cantina e ci fece cenno di seguirlo.

Zia Pearl si fermò sulla porta per studiare il meccanismo di chiusura. "È già rotto?"

"Lunedì verrà un tecnico per sostituire la lampadina. La porta funziona ancora bene, è solo la luce. Bella, vero? Si apre solo con il codice di sicurezza e la mia impronta. È a prova di ladro".

"Non c'è bisogno di questo tipo di protezione a Westwick Corners" dissi.

"Non ne sono così sicuro, Cen. Recentemente sono sparite delle cose. Piccole cose, come una bottiglia di vino qua e là e, ogni tanto, qualche attrezzo. Mi sento più tranquillo sapendo che il vino è al sicuro. È impossibile forzare questa serratura".

Zia Pearl aggrottò la fronte. "Davvero? Scommetto che io ce la farei. Dammi il manuale delle istruzioni e decodificherò questo congegno in un attimo. Sono abbastanza brava con la tecnologia, Antonio. Potrei anche aggiustare la luce in pochi secondi. Se non fossi già in pensione, farei il pirata informatico. Le aziende mi pagherebbero profumatamente per individuare i punti deboli dei loro sistemi".

Antonio scoppiò a ridere. "Scusa, Pearl. Credo di avere perso le istruzioni. Spero che il tecnico me ne porti un'altra copia lunedì".

"Concentrati, zia Pearl" sussurrai. "Non abbiamo tempo per le distrazioni. Né per la stregoneria".

Zia Pearl aggrottò le ciglia. "Posso fare quello che voglio. E un'altra cosa... Non prendo ordini dalle streghe più giovani!"

Fortunatamente, Antonio era troppo lontano per sentire. Si inginocchiò accanto a una cassetta di vino, strizzando gli occhi per leggere ciò che c'era scritto sulla confezione.

L'aria nella cantina era fredda, umida e stantia. La cantina prendeva ispirazione dalle cantine sotterranee francesi, con tanto di pareti con archi di pietra e un'atmosfera cavernosa. Sembrava antica, tuttavia aveva solo qualche anno. La cantina era stata scavata e realizzata allo stesso tempo dell'edificio principale. L'opera di costruzione doveva essere costata molto, almeno parecchi anni di profitti della casa vinicola. Forse i problemi economici della Lombard Wines avevano avuto inizio proprio lì. Il business dell'azienda di famiglia dei Lombard non era abbastanza grande da giustificare una struttura così imponente. Scaffalature alte dal pavimento al soffitto si estendevano per quindici metri in ciascuna direzione, costruite per sostenere botti in legno di quercia nelle quali si faceva invecchiare il vino. L'anno scorso gli scaffali erano pieni. Ora erano quasi vuoti.

"Molto essenziale". Zia Pearl osservava gli scaffali vuoti della cantina. "Se non fosse che qui dentro non c'è nulla da proteggere".

"Nemmeno le bottiglie vuote necessarie per imbottigliare il vino". Osservai la stanza con il cuore pesante. "Dove sono, Antonio?"

Antonio alzò le spalle. "Come ho detto, qui sparisce sempre qualcosa".

. . .

Estrassi il telefonino per chiamare mia madre, ma c'era poco segnale nella cantina. Tornai di sopra e la chiamai, spiegandole la situazione nei minimi dettagli.

"Antonio può avere tutto ciò che gli occorre" disse mia mamma. "Ho casse piene di bottiglie. Non avrei nemmeno una vigna se Antonio non mi avesse aiutato qualche anno fa. Digli che può avere tutto ciò che vuole".

"Grazie mamma. Arrivo tra poco".

"No!"

Ero confusa. "Cosa? Perché non posso passare?"

Ci fu una lunga pausa dall'altra parte del telefono. "Cen, non è un buon momento. Te lo spiegherò dopo, ma adesso non venire a casa. Manda zia Pearl".

"Ok, ma..."

Mia madre aveva già riattaccato. Si stava comportando in modo molto strano e non capivo perché.

Ero io che mi immaginavo cose oppure l'intera cittadina stava impazzendo?

CAPITOLO 3

Ogni stagione, Antonio era sempre stato il primo a imbottigliare i suoi vini. La sua attenzione per i dettagli rasentava quasi la mania ossessivo-compulsiva e la sua azienda vinicola era sempre impeccabile. Quando i tempi erano normali... ora, invece, era tutto diverso.

Westwick Corners contava solo qualche centinaio di abitanti, quindi era impossibile non notare se un vicino aveva dei problemi. Ci aiutavamo gli uni con gli altri, per motivi di altruismo ma anche di egoismo. Eravamo altruisti perché, in una piccola cittadina, gli abitanti dipendono gli uni dagli altri. Eravamo egoisti perché, se si rompeva un ingranaggio, si rompeva l'intera macchina. Senza delle aziende di successo, la nostra cittadina avrebbe smesso di esistere molto velocemente. I problemi dei nostri vicini diventavano prima o poi i nostri, e viceversa.

Tornai nel sotterraneo, dove il mio spirito rinfrancato crollò immediatamente alla vista di Antonio che barcollava.

"Non mi sento bene". Antonio appoggiò una mano su un

barile per rimanere in equilibrio. "Mi gira la testa. Forse ho lavorato troppo".

Zia Pearl ridacchiò. "Non hai lavorato per niente, almeno da ciò che vedo".

La fulminai con lo sguardo prima di girarmi verso Antonio. "Penso che sia la ventilazione" dissi "L'aria è un po' pesante qui giù. Torniamo di sopra". Feci cenno a zia Pearl di camminare davanti a me. La seguii e mi fermai a metà della scala, ad aspettare che Antonio richiudesse la porta della cantina. La porta emise un ronzio mentre si chiudeva automaticamente. Antonio controllò la maniglia e mi seguì.

Mentre salivo lungo la scala, pensai che le sue precauzioni fossero un po' esagerate. Dopo tutto, stavamo solo salendo. Non stavamo lasciando l'edificio.

Tornati al piano di sopra, condussi Antonio verso uno sgabello al bancone delle degustazioni e gli feci cenno di sedersi. "Possiamo farcela. Mia madre ha detto che puoi prendere in prestito alcune delle sue bottiglie".

Antonio alzò le spalle. "Ok, immagino che valga la pena provare".

Zia Pearl si schiarì la gola. Era in piedi dietro al tino che Antonio aveva abbandonato qualche minuto prima e teneva sollevato un bicchiere di vino in controluce. "Scusa, ma non puoi imbottigliare questa roba. Cos'è questa schifezza che galleggia? Sembra acqua di fogna".

Zia Pearl aveva ragione. Il vino nei tini doveva essere fermentato, invecchiato e travasato, pronto per l'imbottigliamento. Il vino non filtrato e non invecchiato non doveva trovarsi in questi tini, e sicuramente non potevamo portarlo alla sagra. Antonio era forse impazzito?

L'Antonio che conoscevo sarebbe saltato giù dallo sgabello e avrebbe fatto una scenata. Invece si girò leggermente sullo sgabello e puntò un dito. Con un tono piatto, disse: "No, non quello. Quello non è ancora pronto. Il tino dietro a quello. Il meritage".

"Il meritage? Sei sicuro?" Benché personalmente amassi il meritage dei Lombard, non si trattava esattamente di un vino amato da chi frequentava la sagra. La maggior parte della gente preferiva i rossi più robusti. La scelta di Antonio sembrava un autogol. Nessuno avrebbe comprato il suo meritage, e lui lo sapeva. "Il tuo shiraz è il migliore e anche il tuo cabernet sauvignon ha sempre successo. Perché non portare uno di quelli?"

Antonio aggrottò la fronte. "Ricordo vagamente di avere imbottigliato del cabernet. Chissà dove l'ho messo?"

"Ma che azienda del cavolo è questa? Non tieni traccia di niente?" Zia Pearl si mise a borbottare. "Non si ricorda... Ma figuriamoci!"

"Lo troveremo". Osservai il grande magazzino e mi fermai davanti agli alti scaffali che contenevano le botti di vino dei Lombard. Normalmente ci sarebbero state moltissime botti di legno perfettamente allineate, piene di vino. Su ogni botte ci sarebbe stata un'etichetta con il logo della Lombard Wines e con la dicitura del tipo di vino. Antonio conservava solitamente i vini per tipologia: merlot, meritage, cabernet sauvignon, pinot nero e shiraz. Inoltre, i vini più vecchi si trovavano sugli scaffali più in basso, così da potervi accedere più facilmente.

Ora gli scaffali avevano degli enormi spazi vuoti e le botti si trovavano solo sui due scaffali più in basso. I tre scaffali superiori erano completamente vuoti. Sembrava quasi che da tempo non ci fosse stata alcuna attività vinicola. Mi avvicinai per leggere le etichette e sussultai: pinot nero, shiraz, meritage... Non erano nemmeno in ordine alfabetico!

Tuttavia, non mi preoccupai troppo, perché questi vini stavano ancora invecchiando e non erano pronti per l'imbottigliamento. Decisi di trovare un vino che potesse essere imbottigliato.

Osservai Antonio mentre tornavo al bancone per prendere un bicchiere: lui fissava il vuoto e non si accorse nemmeno della mia presenza. Attraversai la stanza, passai davanti all'ingresso della cantina e raggiunsi le grandi cisterne di alluminio che contenevano il vino pronto per l'imbottigliamento. Se avessi dovuto assaggiare il vino di ciascuna cisterna per trovare qualcosa di decente, l'avrei fatto. Non avevo alternative.

Mi fermai davanti al primo tino e misi il bicchiere sotto alla cannella. Era un cabernet sauvignon. Girai la cannella e attesi che il vino fuoriuscisse.

Niente.

Nemmeno una goccia. Il tino era completamente vuoto.

Provai il tino successivo. Niente vino nemmeno in questo. Stessa storia per l'intera fila di tini. Non c'era nessun tipo di cabernet. Mi prese una sensazione di terrore, anche se per me non c'era in gioco nulla di personale. Sapevo quanto Antonio avesse lavorato sodo negli anni per il successo della sua casa vinicola. Ma qui da un bel po' non si produceva vino. Fui assalita da un senso di colpa.

Perché non me ne ero accorta prima?

Una cantina così bella e niente vino!

Stavo per arrendermi, quando premetti la cannella dell'ultimo tino. Con mia enorme sorpresa, uscì del vino rosso che riempì il mio bicchiere fino all'orlo. Chiusi velocemente la cannella. Assaggiai il vino, un rosso robusto. Non ero un'esperta, tuttavia ero abbastanza sicura che si trattasse di uno shiraz, per altro molto buono. Ce ne serviva una quantità sufficiente da imbottigliare per la sagra del vino e, a giudicare dalla botte, ce n'era abbastanza.

Feci un respiro profondo, mi ricomposi e tornai da Antonio. Il suo futuro dipendeva da questo vino. Con mano tremante, porsi il bicchiere ad Antonio. "Mi sembra uno shiraz. Cosa ne pensi?"

Antonio mise il bicchiere in controluce e lo osservò per alcuni istanti, prima di portarselo alle labbra e assaggiarlo. Deglutì ed emise un sospiro soddisfatto. "Ah… lo shiraz del 2016. Perfetto".

"Bene. Zia Pearl, vai a casa e prendi le bottiglie di mamma". Le lanciai le chiavi della macchina, felice che Antonio fosse rinsavito.

"Agli ordini, capo!" Fulminandomi con lo sguardo, zia Pearl mi fece il saluto militare e uscì.

Mi serviva qualche minuto da sola con Antonio per capire quale fosse il problema. Potevo farlo solo senza le interferenze di zia Pearl.

Aspettai di sentire il rumore dei pneumatici sulla ghiaia per essere sicura che zia Pearl fosse partita. Mi voltai verso Antonio.

"Dov'è Jose?" Il fratello minore di Antonio era spesso in viaggio d'affari e non c'era mai quando servivano due braccia in più. In teoria si occupava delle vendite, del marketing e di qualsiasi altra attività che non avesse a che fare con l'uva o con il vino. Sospettavo che avesse scelto quelle attività per stare lontano dalla casa vinicola e dal fratello perfezionista.

Poiché ultimamente le vendite erano scarse e i suoi frequenti viaggi d'affari non avevano portato nuovi introiti, sospettavo che i pettegolezzi sul suo stile di vita da playboy fossero veri.

Antonio alzò le spalle. "Jose avrebbe dovuto consegnare un camion di vino ai nostri clienti. Non è molto affidabile, ma posso chiedergli di fare solo quello. Distrugge tutto quello che tocca".

"Pensavo si occupasse delle vendite" dissi.

Antonio scoppiò a ridere. "È un pessimo venditore, anche se non ci dedica molto tempo. Non vuole avere niente a che fare con l'azienda e si aspetta che faccia tutto io. È il socio peggiore che si possa avere. Se solo potessi comprare la sua quota della società..."

"Dovresti". I fratelli erano diametralmente opposti. Jose era pigro e pieno di sé. Antonio era modesto e lavoratore. Di solito era anche allegro. Ora invece non era nulla di tutto ciò.

"Non posso rilevare la sua quota, Cen". Le nostre vendite sono così scarse che non posso nemmeno pagare le bollette. Acquistare le quote di Jose è fuori questione. E poi comunque non acconsentirebbe mai".

"Sono sicura che la sagra del vino cambierà tutto". Avevo i miei dubbi, ma volevo sembrare incoraggiante.

"Lo dubito. L'anno scorso è stato un completo disastro. Ho smesso di provarci". Antonio raccolse le cassette di vino vuote e le impilò contro al muro, sul retro dell'edificio.

Mi guardai intorno, alla ricerca di risposte.

"Avrei delle idee, ma per prima cosa mettiamo in ordine e organizziamoci per imbottigliare". Raggiunsi il tavolo dell'imbottigliamento e controllai le attrezzature. Per fortuna, almeno l'area dell'imbottigliamento era in ordine. Era anche polverosa, come se non fosse stata utilizzata per mesi.

Come noi, anche la famiglia di Antonio viveva a Westwick Corners da generazioni. I fratelli avevano ereditato la Lombard Wines e i vigneti alla morte dei genitori. La loro casa vinicola era celebre per la qualità dei vini, soprattutto da quando, negli ultimi anni, Antonio aveva perfezionato le sue competenze. Recentemente però qualcosa era cambiato e dovevamo salvare la situazione finché ancora possibile.

Trovai dei tappi di sughero e mi misi a cercare anche le etichette e i tappi in alluminio necessari. Per fortuna trovai le etichette ben organizzate, in ordine alfabetico. Trovai le etichette nere e argento dello shiraz Lombard Wines e le appoggiai accanto ai tappi.

"Magari potresti trovare un nuovo socio interessato a rilevare le quote di Jose?" suggerii.

Antonio scosse la testa. "Chi comprerebbe mai questo posto? È lontano dai nostri mercati di punta e il tempo è imprevedibile. Non possiamo più competere".

"Antonio, è solo un periodo sfortunato. Hai avuto successo in passato e l'avrai ancora, a cominciare dalla sagra del vino".

"Avevo successo prima che Desiree si trasferisse qui e creasse la Verdant Valley Vineyards. Ha la bancarella migliore alla sagra e monopolizza tutti i compratori. Parla male dei miei vini per far sembrare meglio i suoi. Ogni anno ci ruba sempre più quote di mercato. Il giudice pende dalle sue labbra e lei vincerà ancora il primo premio, come ogni anno. Che senso ha partecipare alla gara? È una follia".

"Non pensarci. Quest'anno sarà diverso" mentii. Desiree LeBlanc era spietata e avrebbe fatto di tutto per vincere. Avrebbe sicuramente vinto ancora, ma Antonio ora aveva cose più importanti di cui preoccuparsi. Se non fosse stato in grado di attirare l'attenzione del pubblico alla sagra, e soprattutto di fargli aprire il portafogli, avrebbe perso la sua azienda. In occasione della sagra, che durava un solo giorno, le vendite ammontavano spesso alla metà delle vendite complessive dell'anno. I compratori di vini arrivavano da tutta la nazione. La sagra del vino di Westwick Corners era piccola ma aveva il vantaggio di essere l'ultima di una serie di sagre dello Stato di Washington.

Non erano passati neanche cinque minuti, quando la porta si spalancò ed entrò zia Pearl. Le sue braccia distese portavano due scatoloni di bottiglie di vino. Le scatole le coprivano completamente il volto. Tutto ciò che si vedeva dietro ai cartoni era una figura magrissima in una tuta di velluto viola.

"Sei stata velocissima". Antonio spalancò gli occhi. "Sei andata e tornata volando".

Zia Pearl fece un sorriso furbetto. "Più o meno".

La fulminai con lo sguardo. Non era andata a casa a prendere le bottiglie di mamma. Le aveva create fuori con la magia, probabilmente sotto gli occhi di qualche passante. Esercitare la magia in pubblico era una palese violazione delle regole della WICCA.

Zia Pearl, senza fiato a causa dello sforzo, si avvicinò al tavolo e appoggiò le scatole sul pavimento. Con la testa, fece cenno verso la porta e il parcheggio. "Il resto è nella macchina. Spero che basti".

"Nulla sarà mai abbastanza". Mentre uscivamo per raggiungere l'auto, Antonio si passò una mano tra i capelli brizzolati. "Credo sia troppo tardi per salvare la mia azienda".

"No, non è vero. Antonio, pensa positivo. Ti rimetteremo in pista". Aprii lo sportello posteriore e appoggiai tre scatoloni sulle braccia di Antonio. Ne presi altri due per me e lo seguii nell'edificio. Dopo avere impilato i cartoni lungo il tavolo dell'imbottigliamento, mi voltai verso Antonio. "Non preoccuparti, Antonio. Ce la faremo, insieme".

Insieme. Mi ricordai di Tyler e della sua sorpresa. L'unica altra volta in cui si era comportato così misteriosamente era stato quando mi aveva portato a conoscere sua madre, poco dopo che ci eravamo messi insieme. Aveva in programma un'altra occasione importante?

NON AVEVAMO MAI PARLATO UFFICIALMENTE di matrimonio, ma andavamo in quella direzione. Tyler mi avrebbe chiesto di sposarlo? Iniziai a immaginare il nostro matrimonio, una piccola cerimonia intima in giardino, seguita dal ricevimento...

Un forte rumore mi scosse dai miei pensieri.

Zia Pearl batteva le mani, mentre mi urlava nelle orecchie.

"Cen, svegliati! Ne basta una di persona comatosa, due sono troppe! Non posso fare tutto da sola".

"Non ho mai detto che dovevi fare qualcosa. Non ti ho nemmeno mai invitata".

"Beh, è chiaro che tu non ce la possa fare senza il mio aiuto e che Antonio sia una causa persa. Non penserai davvero che Tyler voglia chiederti di sposarlo, vero? Se te lo chiede, mi mangio i calzettoni".

"Perché dovrei pensarlo?" Il mio volto arrossì, mentre negavo.

"Io so tuuutttooo" disse zia Pearl con voce cantilenante, prendendomi in giro. "Spero che nel tuo matrimonio in giardino questa volta non ci scappi il morto".

"Cosa? No!" Zia Pearl mi leggeva la mente?

Zia Pearl sbuffò: "Certo che posso leggerti la mente, Cen. Perché pensi che ti stessi aspettando in macchina? Non avevi detto a nessuno che oggi avresti aiutato Antonio. Sapevo che avevi l'acqua alla gola. Ancora una volta, sono venuta in tuo soccorso".

Solo nonna Vi poteva leggermi nel pensiero. Aveva acquisito quel talento solo dopo essere diventata un fantasma. Avevo sempre pensato che fosse un potere dei fantasmi, non delle streghe. Speravo che zia Pearl stesse bluffando.

"Hai ancora tanto da imparare, Cen. A dir tanto, sei un'apprendista. Sai come dicono? Non conosci ciò che non conosci. Ho visto Tyler che parlava con Ruby quando ho preso le bottiglie. Forse Tyler le sta chiedendo il permesso di..."

Mia mamma adorava Tyler, quindi la sua risposta sarebbe stata sicuramente sì. Ma non credo che Tyler avrebbe chiesto il suo permesso. Dopo tutto, era il ventunesimo secolo. Non ero un bene di famiglia da dare via. Solo io avevo il diritto di decidere chi sposare. Zia Pearl si stava inventando tutto.

"Ricordati, Cen... io so tutto quello che pensi". Zia Pearl estrasse il telefonino dalla tasca e fece scorrere delle foto. "Eccola... La foto della Jeep di Tyler parcheggiata fuori dalla locanda. C'è l'ora in qui è stata scattata... quindici minuti fa".

"Fammela vedere". Afferrai il suo telefono e controllai: era vero. La Jeep di Tyler era davvero parcheggiata fuori dalla locanda. Era forse un'illusione, parte dell'incantesimo di zia Pearl? No, la foto doveva essere vera, perché zia Pearl trovava Photoshop noioso. Non era il suo tipo di magia. A lei piacevano gli effetti speciali e il dramma. Se fosse stata dietro a qualsiasi tipo di trucchetto che avesse a che fare con Tyler e una proposta di matrimonio, ci sarebbero sicuramente stati fuoco, esplosioni e un fidanzato completamente diverso.

Zia Pearl fece un sorriso furbetto. "Vuoi sapere qual è la sorpresa di Tyler? Posso leggere la mente di tutti, lo sai? Persino quella di Tyler".

Mi coprii le orecchie e iniziai a scuotere la testa. "No, voglio saperla da Tyler, non da te". Se davvero fosse stata telepatica, avrei già sentito un sacco di pettegolezzi su altre persone, perché zia Pearl non sapeva tenere i segreti. Stava sicuramente bluffando, e non volevo cascarci.

Tyler mi avrebbe rivelato la sua sorpresa in un paio d'ore.

Valeva la pena aspettare.

CAPITOLO 4

Io, zia Pearl e Antonio portammo dentro le rimanenti scatole di bottiglie, posandole accanto al tavolo dell'imbottigliamento.

Antonio sospirò. "Non posso farlo, Cen. Il vino è una forma d'arte. Ci vuole del tempo per produrre del vino di qualità. Ora sono in competizione con delle aziende novelline che nemmeno coltivano la propria uva. Il mercato è inondato da così tanti vini a basso prezzo e di scarsa qualità".

Zia Pearl emise un lungo sospiro. "Mi dispiace che tu debba competere con quelle schifezze. Ma come ti ho già detto, sono disposta ad aiutarti".

Ero sospettosa dell'offerta di zia Pearl, perché solitamente il suo aiuto aveva sempre un costo. Non volevo che nessuno si approfittasse di Antonio. Aveva aiutato la mia famiglia in tempi difficili e aveva addirittura aiutato mia madre ad avviare la sua azienda vinicola. Quest'anno, il merlot rosso di mamma era finalmente pronto per competere alla sagra del vino di Westwick Corners. E non era soltanto buono: era eccezionale.

Mi voltai verso zia Pearl. "Ed esattamente, come pensi di aiutare Antonio?"

"Segreto industriale". Zia Pearl si portò un dito alle labbra.

Non mi piacevano le sue allusioni alla stregoneria. Mi voltai verso Antonio. "Si tratta sicuramente di un mercato difficile, ma i tuoi vini sono squisiti. Forse devi fare un po' più di marketing per dare visibilità ai tuoi vini?"

Antonio scosse la testa. "Jose afferma di promuovere i nostri vini ovunque, ma che nessuno li compra perché costano troppo. In realtà, non aumentiamo i prezzi da cinque anni, sebbene le spese siano aumentate. Non posso venderli ad un prezzo che non copra i miei costi, e mi rifiuto di scendere a compromessi con la qualità".

"Deve esserci un altro motivo" disse zia Pearl. "Persino Ruby sta guadagnando un profitto, dopo solo qualche anno. Forse stai sprecando..."

La interruppi. "Zia Pearl, mamma sta facendo profitti grazie all'aiuto di Antonio. Penso che Antonio sappia cosa sta facendo".

Westwick Corners non era esattamente la valle di Napa o di Sonoma, e l'est di Washington non era esattamente il *terroir* californiano.

Terroir era un termine che i francesi utilizzavano per descrivere i vari fattori ambientali che rendevano unico ciascun vino. Luce del sole, pioggia, vento, suolo, posizione del vigneto e altitudine determinavano l'essenza, o carattere, di ogni vino. Questi fattori davano vita a vini unici per ciascuna regione e ciascuna stagione.

Westwick Corners si trova in una valle con un suolo molto fertile. La catena montuosa situata a est blocca le nuvole e la pioggia, rendendo le nostre estati torride e secche. Le notti fresche creano le condizioni perfette per vini fruttati e aciduli come il cabernet sauvignon, e per rossi corposi come il merlot e lo shiraz.

Le calde estati asciutte di Napa e Sonoma danno invece vita al clima perfetto per lo chardonnay, il cabernet sauvignon e il pinot nero. Anche le calde giornate estive e le notti fresche di Westwick Corner producono alcuni vini favolosi. Nella valle di Westwick ci sono in media trecento giorni di sole all'anno, quaranta in più rispetto alla valle di Napa. Siamo più a nord e meno conosciuti, e le nostre aziende vinicole sono solitamente a conduzione familiare. E tutto ciò si rifletteva già, al tempo, nei nostri prezzi.

Il merlot rosso di mamma, chiamato Witching Hour Red Merlot, vendeva bene sebbene non fosse famoso. Perché all'improvviso Antonio, il mentore di mia madre nonché l'ispirazione per la nostra casa vinicola, era così sfortunato?

"Deve esserci un altro motivo, diverso dal prezzo. In passato non hai mai avuto problemi a vendere il tuo vino". Non volevo accusare nessuno, tuttavia un motivo ovvio era la mancanza di offerta, non la mancanza di domanda. Antonio non stava producendo vino.

"Jose dice che abbiamo perso troppe quote di mercato e che si tratta di una battaglia che non possiamo vincere. Vuole vendere l'azienda prima che perda tutto il suo valore. Me lo dice da mesi, è per questo che non mi aiuta più. Vuole mettermi alle strette".

I due fratelli avevano ereditato l'azienda di famiglia quasi un decennio prima. Il parere di Jose sulla vendita della casa vinicola contava tanto quello di Antonio, sebbene fosse quest'ultimo a svolgere la maggior parte del lavoro.

Doveva esserci un altro modo per aiutare Antonio. "Magari possiamo fargli cambiare idea?"

Antonio scosse la testa. "Impossibile".

"E se comprassi io le quote di Jose?" zia Pearl disse sorridendo. "Avrei un piano fantastico per rimettere in pista l'azienda".

Alzai una mano in segno di protesta. "Non ora, zia Pearl".

"Zitta, Cen. Sei sempre così veloce ad azzittirmi. Volevo solo aiutare".

Dall'esterno si udì una voce femminile, seguita da un rumore di passi. "Cosa c'entra Jose? Non c'è quasi mai".

Qualche secondo dopo entrò Trina, l'assistente di Antonio. Indossava un abito senza maniche, nonostante facesse freddo, e il suo viso arrossato era contornato da boccoli di capelli biondi che erano sfuggiti alla coda di cavallo. Si passò una mano sulla fronte, per asciugare il sudore. "Jose vuole solo distruggere l'azienda. Non ho mai sentito di nessuno che volesse sabotare il proprio business".

"Va bene, Trina," la rassicurò Antonio. "Ho già detto alle mie amiche che Jose vuole che venda".

Trina guardò Antonio con occhi adoranti. "Senza il tuo duro lavoro, non ci sarebbe nemmeno una casa vinicola. Non sono fatti miei, tuttavia dirò quello che penso. Tuo fratello si comporta in modo altezzoso e ingrato".

"Sono sicuramente anche fatti tuoi, Trina. Lavori qui praticamente da quando ho iniziato io. Non potrei farcela senza di te. Anzi, non ti biasimerei se decidessi di andartene. Potresti trovare di molto meglio". Antonio sventolò il braccio, indicando la stanza.

Trina alzò le mani al cielo. "Cos'altro potrei fare? Sono coinvolta tanto quanto te, almeno dal punto di vista emotivo. Adoro questo posto".

Zia Pearl grugnì senza farsi sentire. "Coinvolta... vuole i suoi soldi!"

Trina aggrottò la fronte. "Cosa?"

"Niente". Misi una mano sulla spalla di zia Pearl e la allontanai, così che nessuno potesse sentirci. "Trina è uno dei principali motivi per cui questo posto è ancora aperto. Non è solo una dipendente, ci tiene davvero all'azienda e ad Antonio".

"Figuriamoci! È tutta una recita. Quella sgualdrina sdolcinata vuole solo impossessarsi del patrimonio dei Lombard. Sono sicura che quell'arrampicatrice sociale stia già organizzando il matrimonio!"

Alzai gli occhi al cielo. "Ma di quale patrimonio parli? Da quello che dice Antonio, qui si rasenta la bancarotta".

"Scommetto che Trina ha sabotato l'azienda solo per poterlo salvare. Vuole salvarlo da sé stesso". Zia Pearl sogghignò maligna. "Lui è ossessionato dai suoi vini e Trina è ossessionata da lui. Non mi stupisce che siano tutti e due single".

"Zia Pearl, non interferire con..."

"Guardala, Cen. Farebbe di tutto per lui, e il povero Antonio nemmeno se ne rende conto".

"Trina non è..."

"Magari hai ragione tu" disse zia Pearl un po' troppo allegramente.

"Come mai all'improvviso concordi con me?"

Zia Pearl sorrise. "C'è sempre un prima volta, Cen. Sto cercando di migliorarmi, di essere più condiscendente. Earl dice che bisogna tenere conto di tutti i punti di vista".

"Earl ha ragione. Tutti meritano di essere felici, anche tu ed Earl". Il fidanzato di zia Pearl era, secondo me, la cosa migliore che le fosse mai capitata. Fatta eccezione per i nomi che facevano rima, erano il perfetto esempio degli opposti che si attraggono. Il carattere docile di Earl calmava zia Pearl, trasformandola in una persona più gradevole. Lui trovava esilaranti le buffonerie di zia Pearl. Mi piaceva come la teneva a bada.

"Sì, forse hai ragione. Antonio e Trina potrebbero essere una bella coppia, ma non lo sapremo mai, perché Antonio non farà mai il primo passo. Ma io posso sistemare tutto in un secondo". Zia Pearl agitò le braccia e borbottò sottovoce:

R*egina di cuori,*
   Unisci queste due anime,
   Scaglia dardi d'amore,
   Ispira le loro promesse,
   Accarezzale con un soffio di vento
   E colora d'amore il loro futuro.

L'incantesimo dell'attrazione!

Zia Pearl congiunse le mani. "Adesso ci divertiamo!"

Rabbrividii al pensiero, sperando che questa volta i risultati sarebbero stati migliori. Purtroppo, mi ricordavo ancora di quando zia Pearl aveva fatto lo stesso incantesimo su di me e un gangster di Las Vegas... Non aveva funzionato molto bene. Per fortuna, avevamo evitato il disastro quando l'incantesimo era stato involontariamente spezzato da un vetro infranto.

Di sicuro ora non potevamo rompere una delle bottiglie di mia madre, perché ad Antonio servivano tutte per imbottigliare il suo vino. Inoltre, qualsiasi cosa io avessi disfatto, sarebbe stata rifatta qualche secondo dopo da zia Pearl.

"Zia Pearl, annulla l'incantesimo! Non puoi giocare con la vita delle persone. Non sono pedine di un gioco di scacchi".

"E invece sì. Si chiama il gioco dell'A-M-O-R-E, Cen". Hai detto che meritavano di essere felici, quindi li ho resi felici. Trina è felicissima che Antonio l'abbia finalmente notata. Guarda, anche Antonio sta sorridendo".

Era vero. Antonio aveva un'espressione contenta e Trina sprizzava gioia da tutti i pori.

Antonio guardava Trina come se la vedesse per la prima

volta. Aveva le guance arrossate e la sua tristezza era stata sostituita dalla gioia.

Trina arrossì. "Questo vino non si imbottiglierà da solo".

La voce di Antonio si fece improvvisamente roca. "No, infatti".

Si guardavano negli occhi con sguardo sognante.

Il vino non si sarebbe *sicuramente* imbottigliato da solo.

Zia Pearl disse: "Prendetevi tutti una pausa. Ci penso io a imbottigliare. Sedetevi, rilassatevi e non preoccupatevi di nulla".

Zia Pearl non muoveva mai un dito quando si trattava di fare i mestieri alla nostra locanda. Non capivo perché si offrisse di fare tutto il lavoro da sola, soprattutto se non aveva nulla da guadagnarci. A meno che, ovviamente, non avesse qualcosa da guadagnarci.

"Annulla l'incantesimo o lo farò io". Tecnicamente, non potevo annullare l'incantesimo di un'altra strega, però potevo aggiungere un incantesimo al suo per sopprimerlo. Tuttavia, la consideravo un'ultima spiaggia, perché poteva creare del caos.

Ero molto dibattuta. Se Trina e Antonio erano felici, chi ero io per mettermi di mezzo? Per contro, avevamo del vino da imbottigliare e dubitavo che zia Pearl avrebbe mantenuto la parola e avrebbe completato il lavoro. Nell'improbabile evento in cui l'avesse fatto, qualcuno, ovvero io, avrebbe dovuto annullare tutti gli incantesimi.

Zia Pearl interruppe i miei pensieri. "Non pensi che Antonio e Trina si meritino un po' di romanticismo? Qual è la differenza con la tua ossessione folle per quello sceriffo?"

"Zia Pearl, ha un nome. E non siamo pazzi, così come non siamo sotto l'effetto di un incantesimo".

Zia Pearl strinse gli occhi. "Questo non puoi saperlo. Come puoi essere certa che io non vi abbia lanciato un incantesimo? Anzi, è proprio così".

"Non l'avresti mai fatto, perché Tyler nemmeno ti piace". Con la sua professione di sceriffo, Tyler era un nemico giurato di zia Pearl. Lei pensava di essere al di sopra della legge, mentre Tyler le ricordava sempre che non era così.

"Non è vero. È solo che trovo lo sceriffo Gates un po' pignolo, tutto qui. Si inventa continuamente nuove regole e nuove multe".

"Puoi chiamarlo Tyler. E non si è inventato nessuna nuova regola. Semplicemente fa rispettare le leggi che tu infrangi. Sta solo facendo il suo lavoro, zia Pearl".

Zia Pearl sospirò malinconica. "Non avrei dovuto far scappare quel pigrone dello sceriffo che c'era prima di lui. Ma è inutile piangere sul latte versato".

"Questo è verissimo". Mi ricordavo quando, un anno fa, la Lombard Wines lavorava normalmente. "Ora togli l'incantesimo da Antonio e Trina".

"Più tardi. Per prima cosa, devo raccogliere delle informazioni".

"Su Antonio? Perché?"

Zia Pearl alzò gli occhi al cielo. "Cen, pensi che lo direi proprio a te? Ti consideri una giornalista, ma ti lasci sempre sfuggire le opportunità. Hai così tanto da imparare".

Stavo per chiederle perché volesse spiare Antonio, quando il mio telefono suonò.

Neanche a farlo apposta, era Tyler. Stava finalmente per rivelarmi i nostri piani per stasera. Forse un anello di fidanzamento?

Me lo immaginavo già in ginocchio, con una scatolina di velluto blu in mano. Un bellissimo solitario, della misura giusta per il mio anulare... perché Tyler faceva sempre le cose in modo perfetto. Avremmo stappato una bottiglia di champagne..."

"Cen? Sei ancora lì?" La voce di Tyler mi riportò alla realtà.

"Sì... scusa. Sto solo cercando di organizzare tutto con Antonio. Dove sei?"

"Sto... tornando a casa. Per stasera... c'è un problema. Possiamo vederci domani? Dopo la sagra, ovviamente".

"Sì certo, perché?" Ero affranta, anche se cercavo di non darlo a vedere.

Non posso ancora dirtelo. Ti passo a prendere domani mattina verso le nove per la sagra?"

"Si, va bene, ci vediamo domani". Non disse nulla sulla sua visita a mia madre e non riuscivo a pensare a una scusa per chiederglielo. E se avesse cambiato idea su di noi? Ero stata stupida a pensare che stesse per chiedermi di sposarlo. Cosa mi era passato per la mente?

Rimisi il telefono in tasca. E se zia Pearl ci avesse davvero fatto l'incantesimo dell'attrazione? E se l'avesse annullato per Tyler? Significava che l'amore di Tyler nei miei confronti non era vero, che il nostro futuro insieme..."

Zia Pearl mi diede uno strattone. "Su, Cendrine! Ti vuoi dare una mossa? Dobbiamo mandare avanti un'azienda!"

La allontanai. "Un minuto!"

Dovevo ricompormi, altrimenti zia Pearl avrebbe notato l'amarezza sul mio volto. Avevo aspettato la sorpresa di Tyler per tutta la settimana. Ora, per qualche motivo sconosciuto, non ci sarebbe più stata.

Guardai Trina e Antonio. Avevano smesso di guardarsi negli occhi e avevano già preparato il tavolo per l'imbottigliamento. Stavano lavorando in perfetta sincronia. Prepararono il vino in modo da poterlo versare nelle bottiglie. Disposero le etichette e i tappi in una fila ordinata.

Erano davvero fatti l'uno per l'altra, con o senza incantesimo. Forse gli incantesimi di zia Pearl non erano poi così male. Talvolta ci vuole una scintilla per accendere un fuoco.

Tornai da zia Pearl, ma avevo perso l'entusiasmo. Stava affidando altri compiti ad Antonio e Trina.

"Da cosa devo iniziare?" chiesi.

Ma zia Pearl non mi stava ascoltando. Stava guardando fuori dalla finestra. Una Corvette decappottabile rossa, d'epoca, aveva attraversato il cancello della Lombard Wines.

CAPITOLO 5

"Oh... questa è bella". Zia Pearl si asciugò le mani sulle cosce e uscì.

La seguii, ignara di ciò che stava succedendo.

Il vento freddo di qualche ora fa era scomparso. La temperatura era salita di qualche grado, sebbene facesse ancora freddo.

La vernice in metallo cromato rosso-mela della Corvette brillava nel sole, mentre il guidatore faceva manovra affinché l'auto fosse rivolta verso il cancello, pronta per la fuga. L'auto era in condizioni perfette, un modello vintage dei primi anni '60, con pneumatici a fascia bianca e cerchioni di lusso.

Il tetto era abbassato e riconobbi subito la testa stempiata del guidatore. Richard Harcourt, il direttore della banca di Westwick Corners, aveva sostituito la sua pratica monovolume con una costosa auto per collezionisti.

Era una macchina da crisi di mezza età? Già aveva una relazione clandestina con una donna più giovane, Desiree LeBlanc.

Riportai i miei pensieri al motivo per cui Richard era qui. Poiché era da molti anni un giudice della sagra del vino, non avrebbe dovuto parlare con Antonio, che era un concorrente. D'altro canto, anche Desiree era una concorrente e sicuramente con lei parlava... C'era forse qualche cambiamento dell'ultim'ora per la sagra? Speravo di no, perché ciò avrebbe significato ulteriore lavoro per mamma e per Antonio.

Richard rimase in macchina, con il motore acceso. Sembrava ignorarci e non sembrava avere fretta di scendere dall'auto. Mi prese una morsa allo stomaco: qualcosa mi diceva che non si trattava di una semplice visita di cortesia. Antonio mi aveva confidato di essere in ritardo con i pagamenti del mutuo. Il successo alla sagra di domani avrebbe potuto risolvere la sua situazione. Sarebbe bastato per far tornare a scorrere il denaro nelle sue casse. Tutti sapevano che il commercio del vino era stagionale. Sicuramente Richard avrebbe avuto la decenza di aspettare che Antonio risolvesse i suoi problemi? Corsi dentro a chiamare Antonio, sapendo in cuor mio che Richard non l'avrebbe aiutato.

Il motivo per cui Richard era rimasto nella Corvette fu presto evidente. Stava aspettando qualcuno.

La Cadillac nera di Jose arrivò poco dopo, parcheggiandosi a poca distanza dalla Corvette di Richard. I due uomini scesero dalle proprie auto e si diressero, bisbigliando tra di loro, verso l'ingresso.

Richard, alto quasi due metri, era l'uomo più alto della città. Doveva abbassarsi leggermente per parlare a Jose, che accanto a Richard sembrava molto più basso di quanto fosse in realtà.

Sebbene Jose fosse un po' più alto e snello di Antonio, si vedeva che erano fratelli. Avevano entrambi gli stessi capelli scuri e brizzolati. Erano entrambi ben rasati e abbronzati, sebbene l'abbronzatura di Jose fosse importata dalla riviera francese, mentre quella di Antonio fosse dovuta al duro lavoro nella vigna.

Nel frattempo, Antonio e Trina erano usciti. Erano

entrambi arrossati e senza fiato. Poiché dentro faceva ancora freddo, il loro aspetto accaldato doveva essere legato all'incantesimo di zia Pearl. Si erano chiaramente dedicati a qualcosa di molto più fisico del semplice imbottigliamento del vino. Zia Pearl aveva l'abitudine di lanciare i suoi incantesimi nel peggiore momento possibile, sebbene fosse chiaro, dalla rabbia sul volto di Antonio, che non fosse felice di vedere Richard e Jose. La magia può talvolta avere il sopravvento anche sulle emozioni più forti.

Antonio si avvicinò, in evidente stato di collera. Aveva i pugni stretti e le mani sui fianchi.

"Cosa ci fa qui?" sussurrò Trina. "Dovrebbe essere diretto a sud, a consegnare il nostro vino. Dov'è il camion?"

"Conoscendo Jose, il camion è probabilmente abbandonato in un fossato". Zia Pearl sogghignò.

"Non è divertente" risposi.

"No, non lo è. Continua a rispondermi così, Cendrine, e renderò ancora più potente l'incantesimo..."

Alzai la mano per interromperla. "No, non ci pensare nemmeno!"

"Cosa hai detto che farai?" Trina lanciò un'occhiataccia a zia Pearl.

"Niente di cui preoccuparsi, non importa in questo momento" risposi.

Trina lavorava da decenni per la Lombard Wines ed era comprensibile che si sentisse parte dell'azienda di famiglia, sebbene fosse solo una dipendente. Nel corso degli anni aveva sgobbato molto più del necessario, e molto più di quanto fosse pagata. Talvolta veniva pagata anche in ritardo. In città c'erano pochi lavori, e c'erano ancora meno dipendenti così fedeli e dedicati. Ovviamente, la sua dedizione era dovuta in parte al suo amore per Antonio. E l'incantesimo di zia Pearl aveva ora raddoppiato o triplicato questa devozione.

Jose si mosse verso di noi. Richard si mantenne a qualche passo di distanza.

"Dobbiamo parlare" disse Jose.

Antonio, con le braccia incrociate sul petto, fissava Jose. "Quindi tu e Richard siete in combutta? Da che parte stai, Jose?"

Jose alzò le mani in segno di resa. "Non è come pensi, Antonio. Ci ho pensato... possiamo risolvere questo problema di liquidità con un po' di aiuto dall'esterno".

Antonio scoppiò a ridere. "Richard ci ha già negato un prestito. Non ci ha concesso una seconda ipoteca in passato. Ora stai orchestrando cose alle mie spalle?"

"Tu con me lo fai sempre" rispose Jose. "Non ti consulti mai con me per prendere delle decisioni. Ti comporti come se l'unico proprietario fossi tu, invece io possiedo metà dell'azienda e ho diritto quanto te a prendere decisioni qui dentro". Guardava Trina, ma la sua espressione era difficile da interpretare.

"Non hai mai voluto essere coinvolto. Non hai mai fatto niente qui, nemmeno i lavori più semplici. Dovresti essere in giro a consegnare il nostro vino. Dove diavolo è finito?"

"Può aspettare, Antonio. C'è qualcosa di molto più urgente". Annuì in direzione di Richard. "Diglielo".

"Ho fatto di tutto per aiutarvi con i vostri problemi di cassa, ma temo di avere esaurito tutte le mie possibilità". Richard estrasse una busta dal taschino della giacca e la porse ad Antonio. "Diventerà ufficiale solo lunedì, ma volevo dartelo adesso per risparmiarti la sorpresa".

Antonio gli strappò la busta dalle mani e la aprì tremando. "Un avviso di pignoramento? Alla vigilia della sagra del vino? Ho ancora tempo fino a lunedì per effettuare i pagamenti".

"Tecnicamente è vero... ma sappiamo entrambi come andrà a finire" disse Richard. "Non hai ancora effettuato i pagamenti dello scorso mese. Come ho detto, ti sto comunicando in modo non ufficiale ciò che sta per succedere. In questo modo, possiamo evitare situazioni imbarazzanti. Mi dispiace, Antonio. Ho fatto tutto il possibile, ma quando hai smesso di pagare... la banca mi ha costretto". Il suo viso era privo di qualsiasi emozione.

C'era ostilità nell'aria, come una scintilla pronta a innescarsi. Non osavo chiedere perché tutto fosse colpa di Antonio e non di Jose.

Antonio percepì subito la falsità di Richard. "Sì, certo. Richard, ci conosciamo da anni. Come hai potuto fare questo?"

Richard evitò lo sguardo di Antonio. I suoi occhi si posarono invece su un punto invisibile, a qualche metro da noi. "Antonio, sono le regole della banca. Non posso farci nulla".

"La verità è che non vuoi fare nulla". Antonio si girò verso Jose. "E tu. Adesso sei in combutta con un banchiere per smantellare l'azienda di famiglia? Sei tu quello che ci ha inondato di debiti, con tutte le tue idee di marketing fallite e i tuoi viaggi costosi con il pretesto di vendere. La nostra famiglia possiede questa casa vinicola da generazioni, Jose. Mamma e papà hanno lavorato tutta la vita per renderla un'azienda di successo. Te lo sei forse dimenticato?"

"Antonio, mamma e papà lavoravano dodici ore al giorno, sette giorni su sette. Non voglio essere schiavo di un'azienda che, nei tempi più floridi, a malapena riusciva a essere in pareggio. Non facciamo profitti da anni. Non è sostenibile".

"Mi sono offerto di rilevare la tua quota due anni fa, quando gli affari andavano meglio. Perché non hai accettato?"

Jose lo guardò con disprezzo. "Mi offristi una miseria rispetto al valore dell'azienda. È ovvio che io non abbia accettato".

"L'offerta era pari al ragionevole valore di mercato e si basava sulla valutazione di un consulente professionista" rispose Antonio. "La mia offerta ha innescato la clausola del contratto che ti consentiva di acquistare da me allo stesso prezzo, oppure di accettare la mia offerta e vendere le tue azioni. Esattamente ciò che dici di volere ora, ma ad un prezzo migliore".

"Allora, peggio per me. Ora che hai portato l'azienda al fallimento e siamo senza soldi, non abbiamo più alternative".

Antonio alzò le mani al cielo. "Quindi adesso è tutta colpa mia? Sei sempre stato un socio pari a me".

Jose lanciò un'occhiata a Richard, il quale fece un impercettibile cenno con il capo.

"Sapevo che un giorno sarebbe successo tutto questo, Antonio" disse Richard. "Ti ho avvertito per molto tempo, ma tu non mi hai voluto prendere sul serio".

Antonio imprecò sottovoce e fece un passo avanti. Trina cercò di fermarlo, afferrandolo per il braccio.

Jose fece un profondo respiro. "Ascolta, lo so che la situazione è brutta, ed è per questo che ho cercato di trovare una via di uscita insieme a Richard. Una soluzione che non coinvolga la banca".

"Una soluzione che non coinvolga la banca?" Antonio sembrava pronto a prendere a pugni qualcuno. Solo Trina lo stava trattenendo. Ma non ce l'avrebbe fatta a lungo.

"Richard pensa che potremmo trovare un compratore" disse Jose. "Possiamo vendere la casa vinicola e procedere con le nostre vite".

"È una possibilità" disse sorridendo zia Pearl.

Le afferrai il braccio sussurrandole: "Smettila!"

"Ahi!" scrollò il braccio e mi guardò di traverso.

Antonio ci lanciò uno sguardo perplesso, prima di rivolgersi nuovamente a Jose. "Questa *è* la mia vita, Jose. O forse non te ne sei accorto?"

Trina si morse il labbro, con gli occhi pieni di lacrime.

Antonio le prese la mano.

Jose aggrottò la fronte, posando gli occhi sulle mani della coppia. "Antonio, lo sai che è una battaglia persa. La banca avvierà il pignoramento dei beni. Questa è la nostra via d'uscita, un'offerta che non possiamo rifiutare".

"Non venderò per nessuna ragione al mondo". Antonio sputò per terra, vicino ai piedi di Jose.

Jose finse di non vedere.

Antonio si voltò verso Richard. "Mi vuoi costringere a vendere? Per caso hai già pronto un compratore? Senza alcun dubbio, ci guadagnerai anche tu. Non è etico, Richard. Il tuo capo è al corrente dei tuoi affari loschi?"

Richard alzò le spalle. "Tutto è alla luce del sole. Non ero tenuto a fare nulla, Antonio. Sto solo cercando di aiutarvi".

"Chi sarebbe il compratore?"

Silenzio.

"Jose? Tu sai già chi è, vero?"

"Io e Richard ci siamo consultati un po' per cercare di trovare una soluzione a questo disastro. Siamo stati fortunati a trovare qualcuno interessato in una piccola azienda vinicola come la nostra. L'economia non è fiorente e la nostra azienda è un po' fuori mano, lo sai... Il costo dei trasporti è alto e non possiamo tenere i prezzi bassi. Ma penso che... abbiamo ricevuto una buona offerta. Dovresti essere felice che possiamo guadagnarci qualcosa, anziché perdere tutto".

"Parli come se fosse già cosa fatta, Jose" disse Trina. "Perché non coinvolgi Antonio nella discussione?"

Jose alzò le braccia al cielo, in preda alla frustrazione. "Ci ho provato, ma non ragiona! Si rifiuta di parlarne".

"Chi è il compratore, Jose? Perché non rispondi alla domanda di Antonio?" Trina era arrabbiata quanto Antonio.

Jose fece un respiro profondo e porse una busta ad Antonio. "Ecco l'offerta. Prima di metterti a strillare, leggi tutto.

Non è una fortuna, ma almeno è qualcosa. E il compratore è flessibile riguardo alla data. So che non sei contento, ma questa è la situazione in cui ci troviamo; è la cosa migliore per tutti".

Antonio estrasse i fogli dalla busta. Lesse velocemente il contratto e poi lo gettò a terra. "Desiree Leblanc? È l'ultima persona a cui venderei l'azienda. Non che faccia alcuna differenza. Non stiamo vendendo. Né a Desiree, né a nessun altro".

"Dai, Antonio. Se non accettiamo l'offerta generosa di Desiree, rimarremo con un pugno di mosche".

"Generosa? Quest'offerta è più bassa di quanto ti ho offerto io due anni fa. È una miseria! Sei un traditore! Mamma e papà hanno sgobbato per portare avanti l'azienda di famiglia e tu stai permettendo a Desiree di rubarcela".

"Non abbiamo più alcuna scelta, Antonio. Se non vendiamo, la banca procederà con il pignoramento dei beni".

Antonio si mise a gridare. "Te ne pentirai".

Jose diede un calcio per terra, evitando lo sguardo di Antonio.

Richard picchiettò l'orologio. "Lunedì, Antonio. Hai ancora tempo per uscirne con un profitto".

Antonio si voltò verso Jose. "Per me sei morto. Pure tu, Richard. Fai pignorare questo posto e ti uccido!"

CAPITOLO 6

I passi di Richard scricchiolavano sulla ghiaia mentre lui tornava alla sua Corvette.

Jose lo guardò partire. Evitava di incrociare lo sguardo dei presenti. Era ovvio che avrebbe preferito essere ovunque, tranne che lì.

Zia Pearl ruppe il silenzio. "Quell'imbroglione! Richard è rivoltante. Come se non bastasse che ogni anno fa vincere a Desiree la sagra. Prima la gara truccata, e adesso sta aiutando quella poco di buono di Desiree a mettere le sue mani avide sulla tua azienda e sulle tue vigne. Mi chiedo cosa ne pensa Valerie?"

"A Valerie non importa più nulla" rispose Jose. "Ha detto a Richard che vuole il divorzio".

La storia tra Desiree e Richard era nota a tutti. Tuttavia, in tutti questi anni, Valerie aveva sopportato la loro tresca alla luce del sole. Probabilmente ne aveva abbastanza.

"Oh…quindi adesso stai al passo con tutti i pettegolezzi?" Zia Pearl aggrottò le ciglia.

Jose sospirò. "Pearl, in città lo sanno tutti. Valerie ha

presentato la domanda di divorzio ieri. Finalmente ne ha avuto abbastanza della storia tra Richard e Desiree".

"Era ora" disse zia Pearl, scocciata di essere l'ultima a scoprirlo.

Cadde il silenzio, poi Antonio parlò con tono risoluto. "Dimmi che hai consegnato il vino, Jose".

"No, non ho consegnato il vino. Ero troppo impegnato a cercare di salvare questo posto... senza il minimo apprezzamento da parte tua, se mi è consentito. Hai idea di cosa significhi lavorare con te, Antonio? Sei un maniaco del controllo, tutto deve essere sempre fatto come dici tu. Ti preoccupi di quelle stupide bottiglie di vino e ignori la visione d'insieme. Questo posto non vale lo sforzo. Siamo al lastrico ed è troppo tardi per farci qualcosa. Non vedo l'ora di liberarmi di tutto questo".

Forse se te ne fossi preoccupato un po' di più, non ci troveremmo in questa situazione. Consegnerò io il vino. Dimmi solo dov'è il camion. Dammi le chiavi". Antonio allungò la mano in attesa delle chiavi.

Jose si piegò per raccogliere la lettera dell'offerta. "Rilassati. Consegnerò io il vino per l'ultima volta. Vado a prendere il camion e partirò entro un'ora. Farò tutte le consegne fino al confine con il Messico. Mi ci vorrà una settimana, ma consegnerò fino all'ultima bottiglia. Chiederò anche ai clienti di pagarmi in contanti. Non che faccia alcuna differenza. Lunedì non saremo più i proprietari dell'azienda vinicola. Tuttavia lo farò, per farti stare zitto".

"Se perdiamo l'azienda, sarà tutta colpa tua. La consegna del vino, a patto che tu mantenga la parola, è troppo poco e troppo tardi da parte tua. Sei pigro e borioso. Pensi solo a te stesso".

"Lascia stare. Te ne pentirai, Antonio". Jose si diresse verso l'auto, senza mai voltarsi. Accese il motore e fece un semicerchio, arrivando a pochi centimetri da noi, poi premette l'acceleratore a tutto gas e uscì dal parcheggio, schizzando ghiaia nella nostra direzione.

"Cretino". Antonio sputò per terra.

"C'è di buono che, almeno per qualche giorno, non vedremo Jose" disse Trina.

I due fratelli erano diversi come il giorno e la notte. Avevano provato a evitarsi, comunicando solo tramite Trina, per telefono o sms. Se non fosse stato per lei, si sarebbero scontrati molto prima.

Antonio diede un calcio alla ghiaia. "Tradito da mio fratello. Non siamo mai stati legati, ma pensavo che saremmo stati entrambi motivati a lavorare sodo per il successo dell'azienda di famiglia. Siamo diversi, ma non avrei mai pensato che avrebbe svenduto l'azienda. D'altronde, Jose ha sempre messo i suoi interessi davanti a quelli degli altri".

Trina lo accarezzò sul braccio in modo rassicurante. "Devono esserci delle alternative. Perché non vendere l'uva e il vino di quest'anno a Desiree, anziché rinunciare a tutto? Lo sai che è da anni che vuole comprare la tua uva. Dimenticati di quella stupida sagra".

Antonio scosse la testa. "Non venderò. Né a Desiree, né a chiunque altro. Ho lavorato tutta la vita per fare della Lombard Wines quello che è. L'etichetta Verdant Valley Vineyards di Desiree non finirà mai su una bottiglia di vino Lombard. Può comprare altri vini da spacciare come suoi, ma non metterà mai la sua etichetta sui miei. Non sarò mai complice del suo gioco sporco".

"Ma se finisce per comprare la tua azienda, è proprio quello che succederà" disse Trina. "Può comprarla adesso, oppure aspettare che se ne impossessi la banca. In qualunque modo, ha abbastanza soldi per comprarla. È probabile che sarà lei la nuova proprietaria. Richard farà in modo che sia così. Almeno, in questo modo, puoi avere una voce in capitolo".

"Trina ha ragione" dissi. "A mali estremi, estremi rimedi. Vendile l'uva e il vino per uno o due anni, fino a che i tuoi affari non si saranno ripresi". Ovviamente, ciò implicava che vi fosse del vino da vendere... ma un problema per volta...

"Piuttosto mi uccido" rispose Antonio.

Trina spalancò gli occhi. "Non ce n'è bisogno. Troveremo una soluzione".

Ufficialmente, Trina era solo una fedele dipendente di lunga data. Tuttavia, c'era molto di più. Nonostante le complicazioni introdotte dall'incantesimo di zia Pearl, era ovvio che volesse bene ad Antonio e avesse a cuore i suoi interessi. Inoltre, era pratica e aveva una mentalità imprenditoriale. E l'incantesimo dell'attrazione avrebbe aumentato le probabilità che Antonio ascoltasse i suoi consigli.

"So cosa fare" disse allegramente zia Pearl, come se l'idea le fosse appena balenata per la testa. "Acquisterò io la quota di Jose e sarò io la tua socia. Metterò un'ipoteca sulla locanda e investirò nella tua azienda".

Sussultai. Non puoi mettere un'ipoteca sulla locanda. Sei comproprietaria con mamma e zia Amber, e loro non accetterebbero mai. È troppo rischioso". Sebbene fosse ammirevole che zia Pearl volesse aiutare Antonio, il nostro bed and breakfast era la nostra fonte di sostentamento. Non potevamo permetterci altri debiti e non potevamo rischiare di finire come Antonio.

"Pensi che Antonio sia un rischio? Cen, sii più gentile!"

"Non ho mai detto..."

La zia si rivolse ad Antonio. "Credimi, non so da chi abbia preso. Cendrine non ha alcuna compassione per gli altri".

Non volevo cadere nella trappola di zia Pearl. Feci un respiro profondo. "Persino se mamma e zia Amber acconsentissero, non riusciresti mai a organizzare il finanziamento per tempo".

Zia Pearl alzò gli occhi al cielo. "Cendrine, perché devi sempre essere così negativa? Troveremo i soldi per Antonio, a qualsiasi costo. Ma prima pensiamo alle cose più importanti. Dobbiamo imbottigliare questo vino per la sagra. Le bottiglie non si riempiono da sole, quindi mettiamoci al lavoro".

Trina sorrise: "Vado a prendere altri tappi".

"Vengo con te" disse Antonio.

Li guardammo scomparire dietro gli enormi tini di acciaio.

Zia Pearl sospirò e mi fissò negli occhi. "Guarda quei due piccioncini. Lui sta per andare in bancarotta e lei continua ad adorarlo. Se quello non è vero amore, non so cosa sia. In ricchezza e in povertà, erano destinati a stare insieme".

CAPITOLO 7

Antonio e Trina tornarono dieci minuti dopo. A giudicare dall'aspetto trasandato, non si erano limitati a cercare i tappi sugli scaffali.

Zia Pearl si schiarì la gola. "Scusa... Antonio. Ho una nuova proposta per te. Se non mi vuoi come socia, potresti impiegarmi come consulente. Lo sai che sono una sgobbona, e ho alcuni talenti *molto* speciali che potrebbero rendere più veloce la produzione".

"Un buon vino ha i suoi tempi" rispose Antonio. "Non bisogna mettergli fretta. Ha bisogno di tempo per crescere, maturare e invecchiare. Sono sicuro che lo capisci, Pearl".

Zia Pearl strizzò gli occhi. "Mi stai forse dando della vecchia?"

Antonio scosse la testa. "Certo che no. Intendevo matura, come..."

Trina intervenne: "Il vino è come l'amore. E la viticultura è come fare..."

Zia Pearl alzò una mano. "Dacci un taglio con le stupidaggini romantiche. Stai commettendo un errore enorme, Antonio. Hai bisogno di me se vuoi salvare questo posto".

Trina scrollò le spalle. "Antonio sa cosa è meglio per l'azienda".

Zia Pearl alzò gli occhi al cielo e mimò Trina in silenzio: *"Antonio sa cosa è meglio"*.

Il mio cuore accelerò. Se zia Pearl avesse perso la pazienza con Trina, il suo incantesimo sarebbe diventato ancora più irresponsabile. Non potevo permettere che succedesse.

Dissi: "Jose ha promesso di fare le consegne, quindi concentriamoci su ciò che è necessario per la sagra. Imbottiglieremo quanto più possibile e ci preoccuperemo di tutto il resto più tardi".

Trina sorrise. "Faremo tornare tutto alla normalità".

Zia Pearl scosse la testa. "No Trina, non sarà così. Nulla sarà mai come prima. Jose è inutile, il vino Lombard è una schifezza e non so cosa sia preso ad Antonio. Non c'è speranza di salvare la situazione. Almeno, non senza di me".

"Zia Pearl!" Era sempre molto schietta, ma adesso stava esagerando. Mi voltai verso Antonio e Trina. "Non datele retta. Pensiamo positivo. Un passo per volta".

Zia Pearl scoppiò a ridere. "Cendrine mi accusa, ma è un'illusa. Ops, fa anche rima! Adoro inventarmi delle rime. Vediamo…"

Iniziò a schioccare le dita con un lento ritmo jazz:

Di Lombard il vino
  È molto divino.
  Un po' come un dono,
  Col tempo
  È più buono.
  Qui in famiglia

Lo mettiamo in bottiglia,
Sublime è il sapore
E magico il suo cuore!

TRINA SI MISE ad applaudire con entusiasmo. "Bellissimo!"

Zia Pearl mi sorrise, strofinandosi le mani. "Cen, ci hai detto di pensare positivo, ed è esattamente ciò che ho fatto".

Il cuore mi batteva forte, mentre mi rendevo conto che zia Pearl aveva appena lanciato un altro incantesimo. Aveva migliorato il vino! Era una truffa vera e propria. "Zia Pear, smettila!" le sussurrai arrabbiata.

Zia Pearl lanciò uno sguardo in direzione di Antonio e Trina, troppo impegnati a guardarsi con occhi sognanti per ascoltarci.

"Smettere cosa? Vuoi che la Lombard Wines vada in rovina? Vuoi che Antonio perda tutto ciò per cui ha lavorato così tanto? Vuoi che Trina perda l'unico lavoro che ha avuto nella sua vita? Vuoi che io fermi tutto per permettere a questi due di tornare alle loro tristi vite?"

"Certo che no! "Non voglio nulla di tutto ciò. Ma gli incantesimi non sono il modo giusto per risolvere le cose". Mi misi una mano sulla bocca. Sussultai. Avevo quasi svelato il nostro segreto. In città giravano vaghi mormorii sulla nostra eccentrica famiglia, sulla possibilità che fossimo delle streghe, ma nessuno li aveva mai presi seriamente. Antonio e Trina rimanevano totalmente ignari del fatto che zia Pearl fosse una strega con incredibili poteri soprannaturali. E anche del fatto che lei avesse lanciato un incantesimo di attrazione su di loro, e un incantesimo sul vino.

Per fortuna, né Antonio né Trina avevano sentito il mio commento sulla stregoneria.

"Non è un incantesimo, Cen. È solo poesia". Zia Pearl ripeté l'incantesimo con un sorriso malizioso:

Di Lombard il vino
   È molto divino.
   Un po' come un dono,
   Col tempo è più buono.
   Qui in famiglia
   Lo mettiamo in bottiglia,
   Ma per poco tempo
   Il vino è un portento.
   A questa pozione
   Non serve ambizione,
   I soldi verranno
   E senza l'affanno.
   Perché questo vino
   È proprio divino.

"Penso che questa versione sia meglio per Antonio, cosa dici?"
   Antonio raddrizzò le orecchie sentendo il suo nome. "Mi piace quella poesia! Puoi recitarla daccapo? Ho perso l'inizio".
   Zia Pearl gli fece l'occhiolino. "Certamente!"

"*Di Lombard il vino*
   È molto divino.
   Un po' come un dono..."

Prima che potessi protestare, Trina alzò una mano per fermare zia Pearl. "È bellissima. Prendo la chitarra, così possiamo metterla in musica. Ne faremo il jingle della Lombard Wines".

Sebbene un ritornello potesse essere efficace per il marketing, se non ci fossimo dati una mossa a imbottigliare il vino, sarebbe stato tutto inutile.

Zia Pearl finse di non sentire Trina e iniziò nuovamente a recitare:

Di Lombard il vino
  È molto divino.
  Un po' come un dono...

"Basta! Chiusi con la mano la bocca di zia Pearl. "Non puoi farlo..."

"Posso fare quello che voglio, signorina guastafeste. Rovini sempre tutto. E togli la mano dalla mia bocca!" Zia Pearl mi pestò un piede.

"Ahi!" Mollai la presa e barcollai all'indietro, dolorante. Era ovvio che zia Pearl rappresentasse un problema. I suoi incantesimi generavano sempre problemi imprevisti, tuttavia non c'era alcun modo per spiegarlo senza rivelare il nostro segreto. L'unica cosa buona dell'incantesimo in rima, era che sembrava avere rallegrato Antonio.

Mi lanciò uno sguardo perplesso. "Cen, perché tratti male Pearl? Non ti sembra di esagerare?"

Era zia Pearl a essere esagerata. Ma qualsiasi tentativo di spiegazione mi avrebbe fatto apparire come una pazza scatenata. "Mi dispiace... non so cosa mi abbia preso. Concentriamoci sull'imbottigliamento".

"Ok". Antonio mi guardò con diffidenza. "Non ti devi

scusare con me. La poetessa Pearl stava solo cercando di rallegrarmi. Vero Pearl?"

Il mio volto arrossì, mentre guardavo mia zia in cagnesco. Non potevo dire nulla senza rivelare che mia zia stava lanciando incantesimi, non stava creando canzoni. Purtroppo, il mio silenzio mi fece apparire cattiva agli occhi di Antonio.

Zia Pearl canticchiava in silenzio. *"Questo vino è divino..."*

"Imbrogliona" le sussurrai.

"Voglio solo una sfida ad armi pari" rispose.

"Intendi contro Desiree? Non è il suo vino a vincere il concorso. Vince perché se la intende con il giudice. Il tuo incantesimo non può farci nulla".

"Non era quella la mia intenzione" disse zia Pearl. "Intendevo una lotta ad armi pari contro il merlot rosso di Ruby. Pensi che abbia prodotto quel merlot tutto da sola? Al suo primo tentativo nel mondo della viticultura?"

"Sei solo gelosa, zia Pearl". Mamma aveva tutti i motivi per essere orgogliosa del suo vino. Ci aveva lavorato sodo, seguendo alla lettera le istruzioni di Antonio. Mamma non avrebbe tollerato l'interferenza di zia Pearl.

"Non sono gelosa". Mi puntò contro un dito, facendo il broncio come una bambina di due anni. "Non c'è nulla di cui essere gelose".

Antonio propose un brindisi con un bicchiere di shiraz, ignaro dei capricci di zia Pearl.

"Agli amici che si aiutano tra di loro". Sorseggiò il vino e lo assaporò, prima di deglutirlo. "Mmm...penso che questo sia ancora meglio del nostro vintage 2001. Anzi, penso che potrebbe essere il miglior shiraz che abbiamo mai prodotto".

Trina e zia Pearl si unirono al brindisi, alzando i bicchieri. "Salute" dissero insieme prima di assaggiare il vino.

Guardai il tavolo e notai che rimaneva un bicchiere. Non

ricordavo di aver visto qualcuno versare il vino, né offrirmi un bicchiere. Zia Pearl aveva forse stregato anche me?

"Cendrine, prendi il tuo bicchiere e bevi" disse zia Pearl. "Non abbiamo tutto il giorno". Era come se mi avesse letto nel pensiero.

CAPITOLO 8

Finimmo di imbottigliare il vino qualche ora più tardi. Fu tutto molto veloce, considerata la quantità di bottiglie che riuscimmo a imbottigliare. Mi guardai intorno. Lungo una parete c'era una fila ordinata di casse di vino, tutte impilate. Ma qualcosa non mi tornava. C'era molto più vino di quanto ne potessimo avere imbottigliato.

Attesi che Antonio e Trina sparissero per un altro giretto in cantina. Mi voltai verso zia Pearl. "Non ne abbiamo imbottigliato così tanto. Da dove arriva il resto del vino?"

Zia Pearl fece spallucce. "Cosa importa? I problemi di Antonio sono risolti, per il momento, a patto che lui riesca a venderlo".

"Hai usato la magia" dissi.

"I tempi erano impossibili, quindi ho reso le cose un po' più veloci. Nessuno lo verrà a sapere. Antonio e Trina hanno altro per la testa, e tu di certo non dirai nulla".

"Zia Pearl, è come imbrogliare. Non voglio averci nulla a che fare. Accusi Desiree di imbrogliare, ma tu fai esattamente la stessa cosa".

"No, Cen. Diversamente da Desiree, io non uso il vino degli altri spacciandolo per mio".

Le puntai un dito contro. "Tu sei peggio, perché crei del vino finto".

"Non mi è sembrato che tu ti sia lamentata mentre lo bevevi" rispose.

"Zia Pearl, annulla l'incantesimo!"

"Quello sul vino di Antonio o quello sul vino di Ruby?"

"Non dirmi che..."

"Temo di sì. Sono troppo vecchia per ricordarmi di tutti gli incantesimi che ho in giro".

"Non c'è un modo per saperlo?" Mi chiesi se avesse fatto un incantesimo anche a me. Non avevo modo di saperlo, e sarebbe stato inutile chiederglielo.

Zia Pearl scosse la testa. "Non in questo caso. Ho incantesimi lanciati su altri incantesimi, che già stavano sopra ad altri incantesimi. Ora la situazione è troppo complicata anche per me. Non ricordo più a che punto sono".

"La tua memoria funziona, zia Pearl. Smettila di cercare scuse e annulla gli incantesimi. Antonio non vorrebbe mai vincere imbrogliando".

"Non ha idea di cosa gli serva, Cen. La Lombard Wines può sopravvivere solo imbrogliando. Tutti gli altri lo fanno. Almeno sarà una battaglia ad armi pari contro quell'imbrogliona di Desiree. Nessuno può negare che il vino di Antonio sia il vincitore. Anzi, è molto più buono del vino di Ruby".

"Quindi si tratta di questo? Stai cercando di battere mamma perché sei gelosa della sua bravura?"

"Assolutamente no" disse zia Pearl. "Il merlot Witching Hour di Ruby è squisito. Ma questo... è molto più che squisito. È buono da morire".

"Se non annulli l'incantesimo, lo farò io" la avvertii.

"Non puoi annullare l'incantesimo di un'altra strega, Cen. E anche se potessi, sarebbe un imbroglio tale e quale".

"Vuoi scommettere?" Stavo per annullare l'incantesimo, quando Antonio tornò dalla cantina, seguito da una Trina rossa in viso e con il fiato corto.

Ero convinta che, annullando un incantesimo maldestro, non avrei imbrogliato. Anzi, avrei rimesso le cose a posto.

Il mio incantesimo avrebbe semplicemente annullato la birichinata di zia Pearl e avrebbe riportato Antonio e il suo vino al punto di partenza. Tuttavia, rimettere tutto com'era avrebbe significato che Antonio non sarebbe stato pronto per la sagra, né avrebbe avuto la minima possibilità di salvare la Lombard Wines.

Era davvero questo ciò che volevo?

Annullare l'incantesimo di zia Pearl significava eliminare qualsiasi speranza.

Seguivo le regole, ma non ero senza cuore.

In che mondo avremmo vissuto senza la speranza?

CAPITOLO 9

Poco prima delle nove, mentre Tyler arrivava a prendermi per la sagra del vino, dal cielo scendeva una leggera pioggerella.

Volevo chiedergli di ieri e del nostro incontro che aveva disdetto, ma rinunciai. Era silenzioso e mesto, come se qualcosa lo preoccupasse.

Non era da lui.

Notò che lo osservavo e mi guardò. "Cosa c'è?"

"Niente" risposi. "Sembri... silenzioso".

"Sono solo stanco, Cen. Mi dispiace per ieri sera. Mi farò perdonare, te lo prometto".

Sorrisi, sentendomi un po' più sollevata. Passare l'intera giornata con Tyler alla sagra del vino sarebbe stato bello, sebbene non riuscissi a smettere di pensare alla sua sorpresa. A giudicare dal suo umore, avevo la sensazione che anche oggi non ci sarebbe stata. Scacciai il pensiero. Se avessi avuto troppe aspettative, sarei probabilmente rimasta delusa.

La sagra non avrebbe ufficialmente avuto inizio per un'altra ora, ma arrivando in anticipo avrei potuto vedere le bancarelle di ciascuna cantina vinicola e avrei potuto parlare agli espositori, prima che arrivasse la folla degli assaggiatori. Avevo ancora qualche informazione dell'ultim'ora da aggiungere al mio articolo. Era quasi finito, mancavano solo i nomi dei vini vincitori per ciascuna categoria, e qualche particolare sugli avvenimenti della giornata. Ma soprattutto, volevo assicurarmi che la bancarella di Antonio fosse pronta. Dato il suo attuale stato mentale, non ero così sicura che ce l'avrebbe fatta, persino con l'aiuto di Trina.

Tyler intanto stava cercando, con grande difficoltà, di entrare nel parcheggio della scuola, ma la manovra era resa difficile all'enorme camper di zia Pearl.

Il "Palazzo di Pearl" era parcheggiato in malo modo tra due posti e bloccava parzialmente l'ingresso. C'erano dei tavolini all'esterno del camper, che occupavano ulteriore spazio nel parcheggio.

L'aveva sicuramente fatto apposta, per creare problemi e vedere quanto poteva farla franca. Sperava forse di provocare Tyler, per puro divertimento. Tyler era ormai lo sceriffo in servizio da più tempo, e lei non era ancora riuscita a farlo scappare. Ero sicura che la zia ci avrebbe provato fino all'ultimo.

I suoi trucchetti divertivano Tyler, ma mi chiedevo come avrebbe giudicato l'incantesimo dell'attrazione a cui la zia aveva sottoposto Antonio e Trina. Per non parlare dell'incantesimo con cui aveva migliorato il vino di Antonio e, probabilmente, anche quello di mamma.

C'erano delle cose che a Tyler non potevo assolutamente raccontare. Sebbene lui sapesse che eravamo delle streghe, non aveva senso che gli rivelassi cose per le quali non poteva fare nulla. Avrei solo peggiorato la sua frustrazione.

La bacchetta di zia Pearl combinava guai ovunque.

E se avesse davvero lanciato un incantesimo dell'attrazione

su Tyler? Il suo amore per me magari era solo dovuto all'incantesimo.

No, non poteva essere così. Zia Pearl avrebbe dovuto costantemente rinnovare gli incantesimi... troppa fatica, troppa noia per lei. Non aveva nulla da guadagnarci dalla nostra unione. Non avrebbe sicuramente corso il rischio che il suo nemico giurato potesse sposare qualcuno della famiglia.

A meno che... il suo piano non fosse di fermare le cose prima che si arrivasse a quel punto. Guardavo fuori dalla finestra, provando un crescente disagio.

No, non poteva essere così. Tyler mi amava e io amavo lui. Avevamo un futuro insieme.

Non c'era nessun incantesimo, solo la nostra attrazione reciproca, consolidata dai nostri interessi comuni e dal tempo trascorso insieme.

Guardai fuori dal finestrino della Jeep. C'erano persone in giro per il parcheggio mezzo vuoto. La maggior parte degli espositori era arrivata. Scaricavano cassette di vino dai camion e dai furgoncini, trasportandole con cautela su carrelli verso la palestra.

Dopo qualche manovra, Tyler parcheggiò la Jeep tra il Palazzo di Pearl e la Corvette di Richard. Il tetto della decappottabile era abbassato.

"È meglio che trovi Richard per dirgli che ha lasciato giù il tetto". Tyler guardò le minacciose nuvole nere nel cielo. "Sembra che stia per piovere".

Mentre scendevo dall'auto, notai sul sedile posteriore della Corvette di Richard due cassette di vino Verdant Valley Vineyards di Desiree LeBlanc. Alla faccia del favoritismo e della corruzione. Desiree le aveva probabilmente messe lì apposta, come a marcare il proprio territorio.

Raccontai a Tyler dell'avviso di pignoramento emesso da Richard e del fatto che Desiree fosse interessata ad acquistare la Lombard Wines. "Spero che la situazione non precipiti". Antonio non ha molto da perdere. E farebbe qualsiasi cosa pur di impedire a Desiree di appropriarsi della sua azienda. Ma se anche lui rifiutasse la sua offerta, lei potrebbe rilevare l'azienda dopo il pignoramento da parte della banca".

Tyler mi prese la mano e attraversammo insieme il parcheggio, verso l'aula magna della scuola. "Deve pur esserci qualcosa che possiamo fare. Richard ha troppo potere in questa città. Può fare il bello e il cattivo tempo, anche se applica le sue regole con discrezione. È la stagione del vino, questi sono i mesi migliori per far guadagnare la Lombard Wines. Sicuramente Richard può concedere del tempo ad Antonio. Proverò a farlo ragionare".

"Provaci. Ma Richard ha già deciso". Ci imbattemmo in zia Pearl all'entrata dell'edificio.

La sua tuta di paillette rosse, con fascia per i capelli abbinata, rifletteva le luci della palestra. Sembrava un incrocio tra un'insegnante di aerobica degli anni '80 e una regina della disco music. Per fortuna non c'erano luci stroboscopiche.

Alzò le mani al cielo con un'esagerata espressione di panico. "Cen, abbiamo un problema. Antonio..."

Antonio ci passò accanto. "Cen, mi sono dimenticato il vino! Trina terrà a bada la bancarella mentre io torno a casa a prenderlo. Torno subito".

"Come hai potuto dimenticare la cosa più..." mi fermai, seppur triste per tutto il lavoro sprecato ieri. Forse, inconsciamente, Antonio voleva davvero rinunciare a tutto, però non poteva ammetterlo a suo fratello. O a sé stesso.

Ma mandare tutto a rotoli sarebbe stato un vero disastro, perché la Lombard Wines non era solo l'azienda di Antonio, era anche la sua casa. Se la banca avesse proceduto con il pignoramento dei beni, non avrebbe più avuto nemmeno un tetto.

Guardai Tyler, che stava discutendo animatamente del parcheggio con zia Pearl.

"Sposta quel mostro sulla strada, Pearl. Fallo ora se non vuoi prenderti una multa". Lasciò la mia mano e le si piazzò davanti.

Il portachiavi di zia Pearl tintinnava nell'aria, mentre lei lo faceva roteare davanti al volto di Tyler. "Il parcheggio della scuola è proprietà privata, sceriffo. Le tue multe qui non valgono".

"Il parcheggio è privato, ma parte del tuo camper è sul viale d'accesso. Quello è suolo pubblico". Tyler estrasse dalla giacca un libretto delle multe e iniziò a scrivere.

Zia Pearl mise il broncio. "Chiedimelo gentilmente e potrei prendere in considerazione la tua richiesta".

"Pearl, non è una richiesta, è un ordine".

Non volevo essere coinvolta nel loro battibecco, quindi mi allontanai in silenzio, dirigendomi verso la palestra. La porta era aperta, entrai. All'interno, gli espositori avevano allestito bancarelle con i vini locali e regionali. C'erano anche altri tipi di bancarelle. Pasticceri e artigiani locali vendevano le loro merci; c'era di tutto, da invitanti muffin, a miele e marmellate artigianali. Cercai la bancarella della Lombard Wines e la vidi dall'altro lato della palestra. Trina mi vide e mi salutò con la mano.

Ricambiai il saluto e mi avviai verso di lei.

Ero a metà strada, quando per poco non mi scontrai con Desiree LeBlanc. Indossava una lunga maglia rosa con uno scollo smerlato che metteva ancor più in risalto la sua pelle perfettamente abbronzata. I suoi fianchi erano avvolti in leggings bianchi, infilati in un paio di stivali da cowboy di pelle rosa. Aveva un corpo sinuoso, senza un grammo di grasso.

Desiree sussultò in modo teatrale, come se fossi l'ultima persona sulla faccia della terra che si aspettava di vedere lì.

"Cendrine!" Stavo cercando proprio te. Mi dispiace di non averti potuto incontrare questa settimana, ma ero troppo impegnata a prepararmi per la sagra. Puoi intervistarmi adesso". Desiree passò una mano dalla perfetta manicure tra i lunghi capelli biondi. Le sue unghie lunghissime erano dipinte di rosa e decorate con dei minuscoli bicchieri di vino di glitter dorati.

"Non adesso, Desiree" risposi. "Ci sono alcune cose di cui mi devo occupare prima".

"E le foto? Le vuoi già scattare adesso oppure preferisci aspettare quando avrò vinto?" Desiree fece una smorfia, sbattendo le ciglia. Si mise le mani sui fianchi, mettendosi in posa.

Guardai Trina. Volevo parlarle di Antonio, prima che lui tornasse. "Posso venire a parlarti più tardi? Adesso ho un po' di fretta".

"Lo vedo. Sembra quasi che tu sia appena arrivata attraversando i campi". I suoi occhi azzurri si posarono sulla mia maglietta sformata, sui miei jeans e sui miei stivali logori, come se fossi un capo di bestiame esposto a una fiera. Desiree era fatta così: mi stava mettendo al mio posto, prima di portarsi a casa il trofeo. Talvolta riusciva davvero a innervosirmi. Avevo la tentazione di lanciarle un incantesimo d'imbruttimento, ma mi trattenni. Non sarei scesa al suo livello.

Feci per allontanarmi, ma bloccò il mio passaggio.

"Che stivali… *interessanti*, Cendrine. Ho sentito dire che gli abiti d'epoca sono di gran moda. E un'altra cosa… gira voce che il merlot di Ruby sia uno dei favoriti per il premio del vino più *migliorato*" disse. "Non credo che possa farcela con quell'orribile etichetta. Sarebbe proprio un peccato se perdesse per colpa di quello, non credi?"

Restai senza fiato e arrossii. L'avevo disegnato io e ne andavo anche abbastanza orgogliosa. "È il vino dentro la bottiglia che conta".

"No... Cendrine. L'estetica è tutto. Se non fai una buona prima impressione con il tuo brand, non vale nemmeno la pena provarci. Quell'etichetta orribile non è all'altezza. Un amichevole consiglio da parte di un'esperta..." Sorrise, mostrando i denti perfetti e bianchissimi.

Avrei voluto tirarle un pugno. Invece dissi: "Glielo farò presente, grazie".

Desiree si girò per andarsene, poi tornò sui suoi passi. "Un'altra cosa, Cen...dato che Ruby è tua mamma, spero che il tuo articolo sia imparziale".

"Ma certo". Una ennesima vittoria di Desiree per il premio Vino dell'anno era pressoché scontata. L'aveva vinto ogni anno per cinque anni ormai, esattamente da quando aveva intrapreso la sua relazione con Richard. Nonostante ciò, aveva il coraggio di insinuare che il mio articolo non sarebbe stato imparziale? Non che facesse alcuna differenza. Il *Westwick Corners Weekly* non era esattamente la rivista *Sommelier*. Per Desiree, invece, era importante. Qualsiasi cosa, seppur piccola, doveva essere a suo favore.

Feci un respiro profondo. "A proposito d'imparzialità, hai visto il giudice Richard?" L'aggiunta della parola "giudice" era il mio modo passivo-aggressivo di lanciare una frecciatina.

"Hmmm...l'ho visto un minuto fa. Stava scaricando la macchina. Sono sicura che sia qui intorno".

Se Richard stava scaricando la macchina, non c'era bisogno di dirgli che la pioggia stava peggiorando. Se ne sarebbe accorto da solo e avrebbe chiuso il tetto della Corvette decappottabile. Non avevo alcuna voglia di parlargli dopo gli avvenimenti di ieri.

Qualunque cosa avessi detto a Desiree su mia madre, sembrava averla soddisfatta, perché finalmente mi lasciò libera di andare alla bancarella della Lombard Wines. Trina era stata brava a organizzare il tavolo per la degustazione del vino.

L'aveva coperto con una bella tovaglia di lino bianco, con un bordo ricamato. Era un tocco di classe, anche se nel giro di dieci minuti la tovaglia sarebbe stata coperta di macchie di vino. C'era una piramide di calici in plastica, come una fontana di champagne, e dietro ai calici c'erano due bottiglie solitarie di shiraz della Lombard Wines.

Era tutto perfetto, fatta eccezione per la carenza di vino. Antonio doveva sbrigarsi.

"Che bello Trina!" dissi.

Trina sorrise. "Che carognetta la Signorina Perfettini, vero? Meno male che Antonio non era qui, altrimenti sarebbe scoppiata la terza guerra mondiale. Desiree sbandiera costantemente il suo successo sotto al naso di Antonio, mentre il poveretto è sull'orlo della bancarotta".

"Cercherò in tutti i modi di evitare che ciò avvenga". Non avevo la minima idea di come avrei fatto, ma volevo dare l'impressione di saperlo. Ero sicura che avremmo escogitato qualcosa.

"Cosa possiamo fare, Cen? Anche se oggi ricevessimo tonnellate di ordini dai clienti, non guadagneremmo abbastanza per impedire alla banca di pignorarci i beni. Farei di tutto per aiutare Antonio. Se avessi abbastanza soldi, pagherei io le rate scadute. Ma non ce li ho" disse abbassando la voce. "A dire la verità, anch'io sono quasi sul lastrico. Non vengo pagata da un mese".

"Oh no, mi dispiace". I conti della Lombard Wines erano messi ancora peggio di quanto pensassi. Se mai ci fosse stato un motivo valido per intervenire con la magia, questo lo era. Le regole che vietavano la magia a fini di lucro erano molto rigide, ma in questo caso si trattava di evitare che qualcuno diventasse un senzatetto. Sicuramente si potevano fare delle eccezioni, no?

No.

Doveva esserci un altro modo, uno che non violasse le regole della WICCA. Non potevo ricorrere alla magia a fini di lucro, anche se a guadagnarci sarebbe stato qualcun altro, altrimenti mi sarei messa al livello di zia Pearl.

"Sto usando i miei risparmi per vivere" disse Trina. "Desiree mi ha offerto un lavoro, ma non accetterò. Non potrei fare una cosa simile ad Antonio".

"È molto fortunato ad averti" dissi. "Cerca di tenerlo lontano da Richard, se possibile. Evitiamo la scenata di ieri".

Trina annuì. "Per adesso è andata bene, anche se Desiree ha già lanciato qualche frecciatina. Ha detto ad Antonio che anche lui potrebbe andare a lavorare per lei. Lui stava per esplodere".

Mia madre, la cui bancarella era quella accanto, aveva ascoltato la nostra conversazione. "Trina, devi portare a casa dei soldi" disse. "Sono sicura che Antonio capirebbe se tu trovassi un altro lavoro. Se potessi, ti assumerei io".

"Magari potrai" dissi. "Desiree mi ha detto che probabilmente vincerai il premio per il vino più migliorato".

"Davvero? Sarebbe fantastico". Mamma sorrideva felice. "Come fa a saperlo?"

"Non lo sa" rispose Trina. "È un insulto velato di Desiree. Quello che sottintende è che, l'anno scorso, il tuo vino era terribile".

"Vabbè". Mamma non sembrava per nulla preoccupata. "Magari lo era. Quest'anno ho imparato così tanto da Antonio. Il mio nuovo merlot Witching Hour è notevolmente migliore rispetto al vintage dell'anno scorso".

Avrei voluto avvertire mia madre del possibile incantesimo di zia Pearl, ma non potevo dire nulla in presenza di Trina. E probabilmente non importava, perché era ormai troppo tardi per fare qualcosa. Dissi invece: "Zia Pearl non dovrebbe essere qui ad aiutarti?"

"Pearl mi ha dato buca, mi ha detto che doveva vendere il

vino di Antonio". Mamma abbassò la voce. Trina, impegnata a impilare scatole di vino vuote a qualche metro dalle bancarelle, non avrebbe comunque potuto sentire. "Antonio è nei guai, vero?"

Le raccontai dell'offerta di Jose, delle minacce di pignoramento di Richard e del rifiuto di Antonio. "E come se ciò non bastasse, oggi si è dimenticato di portare la maggior parte del vino. Penso che sia impazzito. Ho fatto il possibile per aiutarlo, ma se non cambia qualcosa, lunedì perderà tutto".

Trina tornò, con le lacrime agli occhi. "Ho appena pensato a una cosa. Questa sarà la mia ultima sagra. O perlomeno, la mia ultima con la Lombard Wines".

Mamma accarezzò il braccio di Trina. "Troveremo una soluzione, Trina. Per adesso, concentriamoci su questa giornata e cerchiamo di divertirci. Ti prometto che non abbandoneremo Antonio".

Cosa intendeva? Aveva in mente di ricorrere anche lei alla magia, oppure pensava a qualcosa di più pratico?

Mamma mi strizzò l'occhio. "Ecco che arriva il tuo ragazzo".

Mi voltai e vidi Tyler che attraversava la palestra in nostra direzione. Emanava autorevolezza, anche senza uniforme. I jeans e una maglietta bianca avvolgevano il suo corpo snello e muscoloso in tutti i punti giusti. Mentre si avvicinava, il cuore mi batteva forte. Avrei voluto corrergli incontro e abbracciarlo. Sentii un'ondata di emozioni che non avevano nulla a che fare con l'incantesimo di zia Pearl.

Tyler sorrise, incontrando il mio sguardo. "Tutto bene finora?"

Annuii, quindi mi voltai verso Trina. "Spero che oggi vada tutto bene. Dopo la sagra, farò tutto il possibile per evitare che la Lombard Wines cada in..." mi fermai, prima di dire "mani nemiche".

Tyler appoggiò una mano sulla mia spalla. "Dov'è Antonio?"

Trina spiegò che Antonio era andato a recuperare il vino che aveva dimenticato, aggiungendo: "Ultimamente è stato molto disorganizzato. Tutti i suoi problemi economici hanno cominciato a pesare su di lui. Forse l'affare proposto da Desiree è meglio di niente. Recupererebbe un po' di soldi. Potrebbe usarli per avviare una nuova azienda vinicola da solo, senza Jose".

Mamma annuì. "Un nuovo inizio è una buona idea".

"Dov'è zia Pearl?" Mi guardai in giro, ma non c'era traccia di mia zia.

"L'ultima volta che l'ho vista, stava spostando il suo camper" disse Tyler. "Non era molto contenta, ma in qualche modo sono riuscito a convincerla che più spazio significasse più vendite per tutti. Alla fine ha capito".

Ciò mi sembrava strano, tuttavia di recente zia Pearl era stata molto collaborativa. Ieri era stata entusiasta di imbottigliare il vino di Antonio. Aveva cambiato atteggiamento, oppure stava escogitando qualcosa?

Mamma sorrise. "Non mi sorprenderebbe se Pearl stesse facendo un sonnellino nel camper. Mi ha detto di avere passato una notte insonne. Era esausta dopo tutto il lavoro di ieri".

Aggrottai la fronte. Si era soprattutto dedicata agli incantesimi, non al lavoro manuale... c'era qualcosa di strano.

"Non riusciremo mai a sottrarre il primo posto a Desiree, ma magari uno di noi potrebbe aggiudicarsi il secondo posto" disse Trina. "Forse basterebbe quello a convincere i compratori a provare i nostri vini".

"Per fortuna quest'anno ci sono altri due giudici" disse Tyler. "È un netto miglioramento rispetto a quando c'era solo Richard. La giuria ora dovrebbe essere più imparziale".

Scrollai le spalle. "Tre giudici anziché uno sono in teoria una cosa buona, ma il risultato finale non cambierà. Li ha scelti

Richard. Uno è un cassiere part-time della banca che vorrebbe lavorare a tempo pieno. L'altro è il compagno di golf di Richard. Faranno ciò che vuole Richard e faranno vincere Desiree". Dopo l'indignazione collettiva dell'anno precedente, Richard aveva accettato, seppur di malavoglia, di fare entrare altre persone nella giuria. Purtroppo, solo due persone si erano proposte.

Trina aggrottò la fronte. "Non c'è proprio niente che puoi fare, Tyler? La corruzione non è forse illegale?"

"Tecnicamente sì, ma è difficile da dimostrare e ancora più difficile da perseguire nelle aule dei tribunali" rispose Tyler.

"Che peccato che, ogni anno, la gara sia truccata" disse Trina. "Soffro a pensare che la Lombard Wines arriverà seconda per il quinto anno consecutivo. Nessuno ha avuto alcuna possibilità di vincere da quando Desiree ha aperto la sua finta azienda vinicola. Compra il vino altrui e lo spaccia per proprio. Lo sanno tutti, e nonostante ciò non ci possiamo fare nulla".

Sentii dietro di me la voce di zia Pearl. "Se lo sceriffo non fa nulla, forse è giunto il momento di prendere la giustizia nelle nostre mani". Trascinava leggermente le parole, come se avesse già assaggiato un po' di vino. È vero che tutti bevevano alla sagra del vino, ma l'evento non era ancora iniziato. Zia Pearl ubriaca rendeva ancora più pericolosa la sua propensione a combinare guai con la magia.

"Pearl..." Tyler alzò una mano per obiettare.

Mi voltai verso Tyler. "Stava già bevendo quando le hai detto di spostare il camper?"

"Non parlare di me, come se io non fossi qui!" Zia Pearl si avvicinò a noi. Il vino rosso nel suo bicchiere di plastica ondeggiava pericolosamente. Meno male che era vestita di rosso.

"Sei ubriaca!" Cercai di strapparle il bicchiere, ma non ci

riuscii. Allontanò con forza la mano e, così facendo, lanciò vino ovunque.

"Guarda cosa hai combinato, Cendrine!" Zia Pearl oscillava, mentre fissava il bicchiere vuoto. "Adesso non ce n'è più..." vacillò all'indietro.

La afferrai per la vita e quasi caddi a terra con lei, mentre cercavo di tenerla ferma.

Dove aveva preso il vino? Nessuna delle bancarelle era ancora aperta.

Zia Pearl vacillava, alzando la voce: "Ascoltami, sceriffo. Se permetti che continui questa parodia della giustizia, presto prenderemo in mano noi la situazione. Lasciatemi dire, però che lo shiraz della Lombard Wines è fantastico, grazie al mio intervento dell'ultim'ora". Adesso le era anche venuto il singhiozzo.

Mi guardai intorno imbarazzata, temendo che Desiree, Richard o qualcun altro notassero ciò che stava accadendo. Per fortuna la sua voce non era in grado di sovrastare il brusio delle voci del pubblico, sempre più numeroso.

La palestra si stava riempiendo velocemente. C'erano già un centinaio di persone. Alcuni erano abitanti locali, altri compratori di vino, altri ancora gente del settore. Il resto erano volontari e abitanti delle città vicine, alla ricerca di qualcosa da fare il sabato. La sagra del vino di Westwick Corners era l'unico giorno dell'anno in cui la gente poteva bere durante il giorno senza sentirsi in colpa.

Tyler sospirò. "Calmati, Pearl. Vedrò cosa posso fare. Hai per caso visto Richard in giro?"

Zia Pearl annuì. "È andato via. È uscito dal parcheggio come se stesse scappando. Per poco non tamponava il Palazzo di Pearl".

Tyler si acciglò. "Richard è andato via? La sagra sta per iniziare. Ha detto dove stava andando?"

"Lui non l'ha detto e io non ho chiesto" rispose zia Pearl. "L'interrogatorio è finito o devo procurarmi un avvocato?"

La bocca di Tyler si piegò in un sorriso involontario. "Sei troppo simpatica".

Zia Pearl s'infuriò ancora di più. "Fai pure il presuntuoso. Io ho degli affari da condurre". Si voltò e si allontanò barcollando, diretta verso la porta d'uscita.

"Smaltirà la sbornia dormendo nel camper" disse mamma. "Più tardi andrò a controllarla".

Trina sorrise: "Va tutto bene. Se Richard è in ritardo, Antonio avrà più tempo per tornare prima dell'inizio ufficiale. Temevo che sarebbe stato squalificato arrivando troppo tardi".

Non c'era un motivo logico per cui Trina, una dipendente della Lombard Wines, non potesse rappresentare la sua azienda, tuttavia nel corso degli anni la sagra aveva introdotto una serie di regole senza senso, solo per poter squalificare i partecipanti. Una di queste regole prevedeva che il proprietario della cantina vinicola dovesse essere presente.

All'improvviso, mi ricordai che non ero qui per socializzare. Sebbene avessi scritto articoli su ciascun partecipante nelle settimane precedenti, per il mio prossimo articolo dovevo assaggiare tutti i vini in gara, alla pari dei giudici, esprimendo quindi la mia opinione imparziale. I miei giudizi differivano talvolta dalla classifica ufficiale.

A dire il vero, erano quasi sempre diversi.

Era quello che Desiree aveva insinuato a proposito del merlot Witching Hour di mamma. Ma Desiree non mi comandava; ero libera di scrivere ciò che volevo. E non avrei mentito lodando il buonissimo shiraz di Antonio. Desiree non poteva farci nulla.

Tyler mi strinse la mano. "Non appena la gara e tutti i drammi saranno finiti per un altro anno, potrò finalmente svelarti la mia sorpresa. Hai qualche idea di cosa sia?"

"No, perché non mi hai dato nessun indizio". Tyler non mi rivelava mai nulla.

Mamma sorrise. "Cen…sarai così felice!"

"Lo sai anche tu?" chiesi. "E io quando lo scoprirò?"

"Presto" rispose Tyler. "Molto presto. Non è vero, Ruby?"

"Posso avere un indizio?" chiesi.

Proprio in quel momento, il cellulare di Tyler vibrò e, mentre lui ascoltava la persona dall'altra parte, la sua espressione si fece molto seria.

Estrasse le chiavi dalla tasca, con il volto cinereo. "Era Antonio".

"Spero che tu gli abbia detto di darsi una mossa con il vino" disse Trina. "Queste due bottiglie dureranno solo due minuti".

Tyler scosse la testa. "Dimenticati di tutto. Richard è morto. Nella cantina della Lombard".

CAPITOLO 10

"Devo andare. Cen, vieni con me". Tyler si voltò e io lo seguii.

Faticavo a stare al passo con Tyler mentre attraversavamo la palestra per uscire. Mentre camminavamo, chiamò la polizia di Shady Creek per chiedere rinforzi.

Tyler era l'unico rappresentante dell'ordine di Westwick Corners, e la polizia di Shady Creek aiutava nelle indagini più importanti. Poiché Shady Creek si trovava a un'ora di distanza, ci sarebbe voluto un po' prima che arrivassero. Gli esperti della scientifica ci avrebbero incontrato alla Lombard Wines.

Non essendo una poliziotta, potevo solo fornire del supporto morale, tuttavia la mia capacità di osservazione era molto buona. Inoltre, in qualità di giornalista, mi sarei recata comunque sul luogo del delitto.

"Antonio mi ha detto che i pompieri sono già lì" disse Tyler mentre raggiungevamo la sua Jeep nel parcheggio. La nostra cittadina era troppo piccola per avere dei paramedici. I pompieri addestrati al primo soccorso erano sempre i primi a intervenire. La maggior parte delle chiamate era per interventi medici, non per incendi.

Pioveva, mentre Tyler apriva la portiera della Jeep e mi faceva segno di salire.

Mentre mi sedevo, vidi che il tetto della decappottabile di Richard era ancora abbassato.

"Aspettate!" Trina ci stava rincorrendo nel parcheggio. "Vengo con voi".

Prima che Tyler potesse dire qualcosa, Trina si sedette sul sedile posteriore.

Mentre Tyler usciva dal parcheggio e si immetteva sulla strada, vidi l'enorme camper di zia Pearl parcheggiato lungo la strada. Sebbene il lussuoso camper fosse ora parcheggiato legalmente, le sue estensioni ostruivano il traffico dei passeggeri e delle auto.

E c'era un altro problema. C'erano ora più tavoli e sedie, tutti disposti lungo il viale, e alcuni dei passanti erano costretti a camminare in mezzo alla strada. Intravidi una macchia rossa: zia Pearl nella sua tuta di paillette brillanti, con un asciugamano sulla spalla. Quindi non era andata a dormire sul camper; stava invece servendo bevande a una decina di persone, con un grande vassoio appoggiato in modo alquanto precario sul suo braccio ossuto. Il suo barcollio ubriaco di qualche momento fa era stata tutta una scena.

Sollevò gli occhi in quell'esatto momento e i nostri sguardi si incontrarono.

Guardò immediatamente altrove, evitando il mio sguardo. Stava combinando qualcosa. Non avevo alcun dubbio. Tuttavia, qualsiasi cosa fosse, avrebbe dovuto aspettare.

Piegai il collo per vedere meglio, mentre la sorpassavamo. Come sospettavo, aveva trovato il modo per guadagnare qualche soldo facilmente. Riconobbi confezioni del merlot

Witching Hour di mamma e dello shiraz della Lombard Wines, impilate all'esterno del camper.

Ecco perché Antonio non aveva il vino. Non se l'era dimenticato: era stata zia Pearl a prenderselo. Ora capivo perché la zia era stata così ansiosa di imbottigliarlo. Voleva venderlo per guadagnarci, alle spalle di Antonio e mamma.

Sospirai. "Ci risiamo".

Tyler sospirò. "Questa è la seconda volta che infrange la legge. Non possiede una licenza per servire alcol per strada".

Trina allungò il collo mentre sorpassavamo il camper. "Quello è il nostro vino! Pearl ce l'ha portato via!"

"Mi dispiace, Trina. È completamente fuori di testa". Sospirai, sapendo che nulla poteva fermarla.

"Non posso farci niente adesso" disse Tyler. "Mi occuperò di lei più tardi".

Era ancora mattina, e la giornata prometteva di essere all'insegna del crimine.

CAPITOLO 11

Antonio era fuori dalla Lombard Wines. Era tutto bagnato a causa della pioggia, con i capelli incollati al volto agitato. Camminava avanti e indietro, borbottando frasi incomprensibili.

La sua camicia bianca era macchiata di sangue, davanti e sulle maniche arrotolate. Sventolava freneticamente, per attirare la nostra attenzione, le mani e gli avambracci macchiati di rosso.

Tyler si fermò davanti al camioncino di Antonio.

Trina scese velocemente dalla Jeep e corse verso Antonio, con le braccia tese.

"Trina, fermati. Questa potrebbe essere la scena di un delitto". Tyler l'aveva rincorsa e afferrata per il braccio, per evitare che toccasse Antonio. Le posò le mani sulle spalle e la tenne ferma, mentre lei allungava le braccia per abbracciare Antonio. "Per favore, non toccarlo".

"Ok, va bene". Trina curvò le spalle e abbassò le braccia. Fece un passo indietro. "Antonio, cosa è successo? Stai bene?"

Antonio scosse la testa. Tremava con tutto il corpo.

"Richard è nella cantina. Non so come possa esserci arrivato, perché ieri abbiamo chiuso tutto e non sono mai tornato giù".

Trina annuì. "Non capisco come Richard sia entrato... Tyler, venerdì pomeriggio, ho visto Antonio chiudere a chiave la cantina e l'intero edificio. Antonio ha persino controllato due volte le serrature".

Tyler si acciglió. "A che ora?"

"Venerdì, intorno all'ora di cena, dopo che Cen e Pearl erano andate via" rispose Trina. "Il vino era già stato caricato sul camioncino ieri sera, così da non dover entrare nell'edificio questa mattina".

"A che ora sei andata via, Trina?"

Trina arrossì. "Non sono andata a casa... sono rimasta qui tutta la notte con Antonio. Sono sicurissima che le porte della cantina e dell'edificio fossero chiuse a chiave. Ho persino sentito il rumore della serratura della cantina quando si chiudeva".

"Antonio, cosa è successo?"

"Non... non lo so. Sono sceso in cantina, aprendo la porta con il mio codice e la mia impronta, come faccio sempre. Sono entrato e ho trovato Richard".

"La porta della cantina era chiusa quando sei arrivato? Sei sicuro?"

Antonio annuì.

"La serratura si chiude automaticamente quando chiudi la porta?" chiese Tyler.

"Sì. Il codice e l'impronta servono solo per aprirla. Si chiude automaticamente quando si chiude la porta".

Tyler annuì. "Ok. Verrò a parlarti tra un paio di minuti, ma adesso devo chiederti di stare fermo qui fino a quando non farò ritorno".

"Dove stai andando?" domandò Antonio.

"In cantina. La porta è aperta?"

"Sì" mormorò Antonio. "L'ho tenuta aperta con una botte di vino".

Accanto ad Antonio c'erano due vigili del fuoco. Il loro camion era parcheggiato a qualche metro dal camioncino di Antonio. I volontari si occupavano sia delle emergenze mediche che degli incendi. L'emergenza era chiaramente finita.

Tyler fece cenno ai due uomini di raggiungerlo vicino alla Jeep, dove Antonio e Trina non avrebbero potuto sentire. Li seguii. Tyler non obiettò.

Mark, il vigile più anziano, parlò a bassa voce. "È dentro, in cantina, al piano di sotto, con ferite multiple da arma da taglio al petto e al collo".

"Sei sicuro che sia morto?" chiese Tyler.

Mark annuì con un'espressione grave. "Nessuno avrebbe potuto sopravvivere a un attacco del genere. Richard è morto. Il sangue era così tanto che non l'ho riconosciuto fino a che Antonio non mi ha detto chi fosse".

Tutti in città avevano prima o poi avuto a che fare con Richard. A capo dell'unica banca della cittadina, era lui a decidere il destino dei prestiti per l'acquisto di una casa o per le piccole imprese. Aveva un sacco di potere sulla vita delle persone, spesso non in modo positivo. Non sapevo chi potesse volerlo morto, ma sicuramente a molte persone non piaceva. Antonio aveva un movente, tuttavia non era il solo.

Volevo saperne di più sulle ferite di Richard, ma questa era l'indagine di Tyler, non la mia, e non volevo comprometterla. Era una storia enorme per il mio giornale, ma dovevo essere paziente. Molto presto ne avrei saputo di più.

Alcune cose erano tuttavia alquanto ovvie. Antonio era una delle prime persone sospette, perché aveva scoperto il cadavere. Ciò lo metteva sul luogo del delitto, che era anche di sua proprietà. Richard era inoltre stato trovato morto in una cantina che poteva essere aperta solo da Antonio.

Antonio aveva i mezzi, l'opportunità e il movente.

Già vedevo le prime pagine dei giornali, ed era difficile non porsi delle domande. La storia, tuttavia, non si sarebbe scritta da sola, quindi volevo raccogliere il maggior numero di informazioni possibili. Dovevo scrivere un articolo prima che iniziassero a girare voci in città.

Tyler si rivolse ad Antonio. "Antonio, non parlare a nessuno e non toccare nulla".

"Mi stai arrestando?"

"Per adesso no" rispose Tyler. Si voltò verso i due vigili del fuoco. "Non perdetelo di vista. Tenetelo qui fino a quando non torno. Gli esperti della scientifica di Shady Creek arriveranno a breve. Nel frattempo, entro a dare un'occhiata. Tornerò tra un minuto".

Tyler, in quanto unico poliziotto della cittadina, non poteva contemporaneamente interrogare un sospetto e ispezionare il luogo del delitto. Perché Antonio era proprio questo: un sospetto. Speravo che ci fosse un'altra spiegazione, ma Antonio non si trovava in una bella situazione.

Trina e Antonio erano vicini e parlavano a bassa voce, ignorando già gli ordini di Tyler. Antonio non poteva scappare, soprattutto perché il suo camioncino era bloccato dalla Jeep di Tyler. Meno male che Trina era venuta con noi, perché la sua presenza sembrava calmare Antonio.

Tyler non mi aveva impartito alcun ordine, quindi lo seguii all'interno. Dovevo quasi correre per stare al passo con lui.

Si girò verso di me. "Cen, è il luogo del delitto. Non penso che dovresti..."

"Sono stata praticamente su tutti i luoghi del delitto che hai visitato tu. Mi occuperò della storia come giornalista, quindi tanto vale che venga anch'io. Posso essere un secondo paio di occhi".

Tyler scosse la testa. "No, non puoi diffondere informazioni che non sono di pubblico dominio".

Sollevai le sopracciglia. "Sai benissimo che non pubblicherei mai niente senza il tuo permesso. E comunque non dovresti essere dentro da solo. Potrò confermare ciò che vedi e aiutarti nella stesura dei fatti. Almeno lasciami rimanere fino all'arrivo della polizia di Shady Creek".

"Va bene. Ma non toccare nulla". Tyler estrasse dalla tasca un sacchetto di guanti in lattice. Me lo porse. Estrassi un paio di guanti e li indossai. Dopo averli indossati anche lui, Tyler si rimise in tasca il sacchetto.

Mentre scendevamo per le scale, la luce calda della cantina illuminava il corridoio. La porta della cantina era spalancata, e la luce che emanava dalla cantina era quasi invitante.

Tyler entrò e mi fece cenno di seguirlo, stando sul lato destro.

Capii ben presto il perché. Sul lucido pavimento di cemento della cantina c'erano delle tenui impronte di sangue. Le impronte si facevano più scure e definite via via che ci addentravamo nella cantina. A giudicare dalle dimensioni delle impronte, sembravano scarpe da ginnastica da uomo. Tracciavano dei cerchi, per poi scomparire nelle grandi pozze di sangue sul pavimento. In mezzo a tutto quel sangue, c'era il corpo di un uomo. Giaceva sul pavimento a pancia in su, con un braccio sul torace e l'altro lungo i fianchi. La sua camicia era così impregnata di sangue che era impossibile dire di che colore fosse in origine.

Il volto dell'uomo era completamente coperto di sangue ed era quasi irriconoscibile. Sapevo tuttavia che doveva trattarsi di Richard, perché la sua altezza e la sua corporatura erano inconfondibili. Le sue braccia riportavano numerose ferite da difesa.

Richard aveva lottato per sopravvivere, ma aveva perso.

Le ferite erano molte di più rispetto a quelle necessarie per uccidere qualcuno. Questo lo capivo persino io. Chiunque avesse ucciso Richard, lo odiava con tutte le sue forze ed era pieno di rabbia.

Tyler stava registrando le sue osservazioni sul telefonino. "Numerose ferite da arma da taglio, collo e torace".

"Altre impronte". Puntai il dito verso il pavimento lucido. Sembravano esserci due serie di impronte diverse. Alcune erano nitide, altre no. Un paio erano più grandi e appartenevano chiaramente a calzature maschili. Non avevo notato le due serie di impronte lungo il percorso dall'ingresso, ma mi stavo preparando mentalmente a ciò che mi aspettava nella cantina.

"Un paio di scarpe appartiene alla vittima e l'altro all'assassino?" chiesi.

Tyler si acciglò. "Può essere, ma dubito che la vittima potesse stare in piedi dopo avere perso così tanto sangue. Potrebbe trattarsi di un assassino e di un complice".

"Non posso credere che Antonio abbia fatto una cosa del genere. Come avrebbe potuto? Aveva lasciato la sagra da solo e aveva telefonato circa quindici minuti dopo. È un tempo sufficiente per uccidere qualcuno? Secondo zia Pearl, Richard era andato via poco prima di Antonio. Ognuno con la propria auto".

"Forse il complice dell'assassino era già qui ad aspettare" disse Tyler.

Apprezzai il fatto che non avesse detto "il complice di Antonio".

Tyler riprese a dettare nel telefono. "Nessun segno di furto o scasso. A giudicare dalla quantità di ferite da arma da taglio, chiaramente molto odio nei confronti della vittima. Questo crimine è di natura personale".

Annuii. "Richard è un uomo imponente. Sarebbe stato difficile sopraffarlo, anche con un attacco a sorpresa in preda alla rabbia". Il mio battito cardiaco accelerò al ricordo dell'incontro rabbioso di ieri tra Antonio e Richard. Ultimamente Antonio era stato strano, ma non avrebbe mai ucciso qualcuno.

O forse mi sbagliavo? Si era comportato in modo così insolito ultimamente... tutto era possibile.

Tyler infilò il telefono nella tasca della giacca. "Non hai idea di quello che la gente può fare quando è disperata, Cen. In questo momento, tutto punta ad Antonio. Ha scoperto il corpo di Richard e, secondo la testimonianza di Pearl, ha lasciato il parcheggio della scuola subito dopo Richard. Questo significa che Antonio è stato probabilmente l'ultima persona a vederlo vivo. Non voglio crederci nemmeno io, ma se Antonio non sarà in grado di segnalare la presenza di altre persone, nessun altro sarà coinvolto".

"Ma..."

"Devo andare dove mi portano i fatti". Tyler puntò il dito verso le scale. "Vai di sopra, io arriverò tra un minuto. Voglio filmare la scena per riguardarla dopo".

"Non se ne occuperà la squadra della scientifica di Shady Creek?"

Tyler annuì. "Sì, ma per adesso registrerò la mia versione, così da potere iniziare a lavorare al caso immediatamente. L'intera cittadina sarà in preda all'angoscia. Devo risolvere velocemente questo caso.

Risalii le scale e attraversai il salone, attenta a non calpestare le impronte insanguinate che si facevano sempre più lievi avvicinandosi all'uscita. La seconda serie di impronte era appena visibile, fatta eccezione per i tacchi sbavati, come se la persona stesse zoppicando o camminando in modo strano.

E c'era qualcos'altro. La sera prima avevamo caricato il camioncino di Antonio, ma non c'era stato tutto il vino.

Avevamo impilato le casse in eccesso contro il muro, ma adesso erano sparite.

Zia Pearl aveva preso sia il vino del camioncino di Antonio, sia quello rimasto dentro? Significava che anche lei era tornata all'azienda vinicola. Era tornata anche nella cantina?

Uscii e respirai l'aria fresca. Sentii lo sguardo di Antonio su di me.

Sembrava impaurito.

Questa era una situazione da cui non potevo salvarlo.

CAPITOLO 12

Rimanemmo in un silenzio imbarazzato che sembrava non finire mai. C'erano così tante cose che volevo chiedere ad Antonio, ma rimasi in silenzio. Mi guardai intorno, cercando di acquisire quante più informazioni possibili. Tutto sembrava come il giorno prima. Estrassi il cellulare e ripresi comunque la scena, pensando che un'accurata analisi avrebbe potuto rivelare degli indizi più tardi. Ripresi lentamente tutto, dal viale d'accesso fino all'edificio, quindi fino all'abitazione di Antonio, che si trovava a circa dieci metri dall'edificio principale.

Tyler arrivò dopo quella che mi era sembrata un'eternità. Fece cenno a Mark di raggiungerlo all'ingresso. Non potevo sentire cosa si stessero dicendo, ma Tyler aveva in mano il telefono e probabilmente stava registrando la testimonianza di Mark. Parlarono per circa cinque minuti, quindi si mossero nella nostra direzione. Mark ci passò accanto senza dire una parola, e raggiunse gli altri vigili del fuoco, in attesa accanto al camion.

"Ho sigillato l'edificio, fino a che non arriveranno il medico legale e gli esperti della scientifica di Shady Creek. Non dovrebbe mancare molto" disse Tyler a me e ad Antonio.

"Gli esperti della scientifica?" chiese Antonio.

"È la prassi quando qualcuno non muore di cause naturali, Antonio".

Ovviamente. Antonio era sotto shock. Non mi sentivo a mio agio.

"Capisco". La voce di Antonio era piatta.

Abbassai lo sguardo e vidi i piedi di Antonio. Le sue scarpe da ginnastica erano macchiate di sangue ed erano di una misura simile alle impronte che avevo visto nella cantina. Avrei potuto guardare la suola solo se avesse sollevato i piedi. Cercai di vedere la marca o un logo, ma le macchie di sangue lo impedivano. Gli esperti della scientifica avrebbero confermato se le impronte erano di Antonio, ma io lo volevo sapere subito.

Sentii sbattere delle portiere e sobbalzai; erano solo i pompieri che risalivano sul camion.

Li guardammo in silenzio mentre avviavano il camion e uscivano dal cancello per tornare in città.

Trina si avvicinò al cancello, seguendo il percorso del camion dei pompieri. Parlava al telefono a bassa voce, come se non volesse farsi sentire. Dopo qualche minuto, finì la conversazione e si rimise il telefono in tasca.

Tornò da noi senza dire nulla.

IL VOLTO di Tyler non mostrava alcuna espressione. "Antonio, raccontami cosa è successo".

Antonio si passò una mano tremante sul viso, anch'esso sporco di sangue. "Quando sono tornato qui per prendere il vino, ho notato per prima cosa la porta aperta. Sapevo di averla chiusa stamattina".

"Hai sentito dei rumori o hai visto qualcosa fuori posto?"

"No" rispose Antonio. "Mi sono guardato in giro, ma non c'era nessuno dentro e non c'era niente fuori posto. Fatta eccezione per tutto il vino che avevamo impilato contro il muro. Non c'era più.

Allora sono sceso in cantina per vedere se ci fosse per caso del vino che non avevo notato prima. Sono sceso, ho aperto la porta della cantina e sono entrato. Ho acceso la luce, ma non illumina molto ed ero comunque concentrato sul vino... dovevo trovarne dell'altro velocemente. Mi sono diretto subito verso le botti in fondo alla cantina. Inizialmente, non ho visto Richard. Poi sono inciampato in qualcosa. Era Richard. Era lì, morto... sul pavimento della mia cantina".

"Quindi... l'edificio principale era aperto, ma la cantina era chiusa con la serratura".

Antonio annuì. "È strano, ma ho pensato che ci fosse stato un tentativo di furto e che i ladri ci avessero rinunciato perché non erano stati in grado di aprire la porta della cantina".

"Non hai notato che c'era sangue ovunque?"

Antonio scosse la testa. "No, perché non c'era sangue di sopra, solo in cantina. Immagino che fossi così concentrato a trovare altro vino da non prestare molta attenzione a ciò che mi circondava".

"Ok... quindi poi hai trovato Richard. Come facevi a essere sicuro che fosse morto? Gli hai sentito il polso?"

"Ho provato... ma poi ho visto che non si muoveva per nulla... che il suo petto non si alzava e abbassava. Non so come facessi a esserne sicuro... ma lo sapevo. C'era così tanto sangue che non pensavo fosse possibile che..."

Quella spiegazione non combaciava con gli abiti di Antonio, coperti di sangue. Se non aveva toccato molto Richard, e se Richard era già morto, perché era coperto di macchie di sangue?

"Quanto tempo è passato prima che chiamassi per chiedere aiuto, dopo avere scoperto il corpo di Richard?" chiese Tyler.

"Ho chiamato subito. Sono corso fuori perché temevo che l'assassino di Richard fosse ancora qui. Sono corso al cancello e per prima cosa ho chiamato i vigili del fuoco, poi ho chiamato te". La voce di Antonio era roca. "Avrei dovuto fare qualcosa di diverso?"

Tyler non rispose.

"Antonio, sei sicuro di non aver lasciata aperta la porta della cantina?" chiesi. "Racconta a Tyler della tua serratura super tecnologica".

"Qualche mese fa ho installato una nuova serratura. Per entrare servono un codice numerico e la mia impronta. È una serratura biometrica. Dovrebbe essere a prova di furto, invece qualcuno è riuscito a entrare".

Spiegai velocemente a Tyler come funzionava la serratura biometrica della cantina, e come potesse essere aperta solo con la combinazione numerica e l'impronta di Antonio sul sensore.

Tyler si accigliò. "Non è una precauzione un po' esagerata per una piccola cittadina?"

"Pare di no", intervenne Trina. "Richard ne è la prova. In qualche modo è riuscito ad entrare, non è vero?"

"Chi altro ha una chiave, Antonio?" chiese Tyler. "Trina? Jose?"

Antonio scosse la testa. "Solo io. Jose ha detto che non voleva usare la serratura perché temeva che qualcuno gli avrebbe tagliato il dito. Era ovviamente una scusa, perché non potendo accedere alla cantina non doveva preoccuparsi di doverci lavorare".

Tyler si accigliò. "Jose è il comproprietario dell'azienda vinicola. Com'è possibile che non vi abbia accesso?"

Antonio alzò le spalle. "Jose non è entrato da quando abbiamo installato la nuova serratura, un mese fa. Ho cercato di fargli scegliere un codice e di prendere la sua impronta digitale, ma continuava a trovare scuse. Era sempre via, oppure impegnato a fare altro. Mi aveva promesso che l'avrebbe fatto, ma non è mai successo".

"E nemmeno Trina aveva accesso alla cantina?"

"No" rispose Antonio. "Jose non ha voluto".

Trina fece un sussulto. Guardò altrove, chiaramente imbarazzata.

"Perché non Trina?" chiese Tyler. "È una tua dipendente a tempo pieno. Non è forse un po' rischioso limitare l'accesso solo a una persona? E se ti fosse successo qualcosa?"

"Riguarda più Jose che Trina" rispose Antonio. "Jose pensa che Trina si comporti più come una proprietaria che come una dipendente. È questo ciò che mi piace di lei: tratta la nostra azienda come se fosse sua. Prende buone decisioni e mi ha salvato da innumerevoli situazioni. La verità è che non potrei farcela senza di lei. Jose mi lascia sempre nei guai, ma posso contare su Trina. Non so perché mi piego sempre alla volontà di Jose. Adesso che ci penso, quando lunedì verrà il tecnico, gli chiederò di creare le credenziali affinché Trina possa accedere alla cantina. Non mi interessa se Jose è d'accordo o meno".

"È possibile che lunedì sia la banca a prendere tutte le decisioni" rammentai ad Antonio. "Inoltre, c'è un'indagine per omicidio in corso. Non potrai assolutamente cambiare gli accessi della serratura della cantina. Dubito che riuscirai persino a fare aggiustare quella luce. Per il momento, tutto può essere una prova e deve rimanere esattamente com'è".

"Cen ha ragione" disse Tyler. "Per adesso tutto è in sospeso".

"Anche il pignoramento?" Trina sembrava speranzosa.

"Almeno il possesso dei beni". Tyler guardò Antonio. "Un'altra cosa... devi trovare un altro posto in cui stare".

Mi chiesi come la banca avrebbe fatto a entrare dopo il

pignoramento dell'azienda agricola. Potevano obbligare Antonio ad aprire la serratura con la sua impronta digitale? O magari la porta poteva essere rimossa?

Era come se Antonio mi avesse letto nel pensiero. "Assicuratevi di lasciare aperta la porta della cantina. Se si chiude, non sarete in grado di riaprirla. Persino i cardini sono all'interno, per impedire che possano essere manomessi".

"Nulla è a prova di manomissione. Con gli strumenti giusti..." mi interruppi. Anche degli incantesimi avrebbero potuto aprire quella porta. Dovevo accettare quella realtà, sebbene mi infastidisse.

"Hai qualche idea su dove andare, Antonio?" Gli occhi di Tyler fissavano quelli di Antonio.

"Certo che no" rispose Antonio. "Ma se non posso tornare nella mia proprietà, vi servirà un piano B per la serratura".

Tyler si schiarì la voce. "Disse l'uomo senza un piano B. Antonio, quella serratura non fa che puntare a te... Se possiedi delle informazioni che possano scagionarti, devi dirmelo subito".

"Devi parlare con la SecureTech, la società che l'ha installata" disse Antonio. "C'è già un tecnico in arrivo lunedì per riparare una lampadina bruciata e portarmi un nuovo manuale d'istruzioni. Puoi parlargli lunedì".

"Non posso aspettare così tanto" rispose Tyler. "Li chiamerò immediatamente".

Antonio scosse la testa. "Non verrà nessuno di sabato. Sono a un'ora di distanza da qui e sono chiusi fino a lunedì. E nel fine settimana nessuno risponde al telefono".

"Mi serve il tuo codice d'accesso". Tyler porse ad Antonio il suo taccuino e una penna. Attese che Antonio scrivesse il codice e gli restituisse il taccuino e la penna. "Dovrò anche parlare con Jose e verificare tutto ciò che mi hai detto".

"Fai pure. È fuori città per alcuni giorni però, sta consegnando del vino lungo la costa" disse Antonio.

Tyler si accigliò. "Nessun problema, lo rintraccerò".

"L'ho appena chiamato io" disse Trina. "Sta tornando indietro".

"Antonio, affermi di essere l'unico che può accedere alla cantina. Tuttavia, non ho notato segni di scasso".

"SecureTech ha molte spiegazioni da dare..." disse Antonio. "Mi hanno detto che la loro tecnologia è impossibile da manomettere, che persino una copia della mia impronta non avrebbe ingannato la loro tecnologia segreta. Non capisco come qualcuno sia riuscito a entrare".

"Nemmeno io" disse Tyler con tono risoluto. "A meno che Richard non abbia in qualche modo aperto la porta, l'abbia richiusa alle sue spalle e poi si sia ucciso".

Antonio alzò le spalle. "Anche a me sembrava impossibile, ma era là dentro. Ho inciampato con il piede in qualcosa di pesante e ho perso l'equilibrio. Gli sono caduto addosso. Il suo corpo sembrava... non so... senza vita e pesante. Non so come spiegarlo, ma non si è mosso né ha emesso un suono quando..." Antonio rabbrividì e fece un respiro profondo. "Tyler, sono sicuro di avere chiuso a chiave la cantina. Trina te l'ha confermato, quindi hai anche la sua parola".

"Non eri andato in cantina questa mattina? Magari per prendere qualche bottiglia in più per la sagra?"

Antonio scosse la testa. "No, Cen e Pearl mi avevano aiutato a caricare il camioncino venerdì pomeriggio, così che stamattina non dovessi fare nulla. Ero pronto, almeno fino a che non sono arrivato alla sagra e ho scoperto che mancava quasi tutto il mio vino".

Feci un respiro profondo. Dato che zia Pearl si era ritrovata con tutto il vino di Antonio, era ragionevole pensare che fosse stata qui. Aveva mostrato un grande interesse per la serratura della cantina e amava le sfide. La magia poteva avere la meglio su un lettore di impronte digitali? In tal caso, significava che, oltre ad Antonio, qualcun altro avrebbe potuto accedere alla cantina.

Forse. Dovevo scoprirlo.

"Perché non hai notato che mancava il vino prima di arrivare alla sagra? Non ti sei accorto che il camioncino era stato svaligiato?"

Antonio scosse la testa.

La Lombard Wines aveva un cancello esterno chiuso con una serratura e le casse di vino erano state caricate nell'abitacolo e nel cassone, coperte da un telo. Avevo visto Antonio chiudere a chiave il camioncino dopo che avevamo finito di caricarlo venerdì pomeriggio.

"Il camioncino era chiuso a chiave e carico di vino, ce n'erano almeno cinquanta cassette. Non hai notato che erano sparite?" chiesi ad Antonio.

"Le cassette non erano sparite. Intendo dire che le cassette c'erano ancora, ma erano vuote... tutte le bottiglie al loro interno erano sparite. Me ne sono accorto solo quando ho iniziato a scaricarle alla sagra. Il vino caricato sul camioncino ieri sera era sparito. Ma il cancello era ancora chiuso quando sono partito. Anche il mio camioncino era ancora chiuso a chiave. Non capisco cosa sia successo".

"Siamo già a quattro serrature..." disse Tyler. "Il cancello esterno, l'edificio, la cantina e il tuo camioncino".

Antonio alzò le spalle. "È un mistero anche per me".

Zia Pearl mi doveva delle spiegazioni. Avrebbe almeno ammesso di avere preso il vino di Antonio? L'esatta conoscenza del suo coinvolgimento avrebbe potuto rivelare ulteriori indagati. Era ovvio che avesse derubato il camioncino. Era riuscita anche a superare i controlli della serratura biometrica? Senza una confessione da parte sua, Antonio sarebbe stato giudicato colpevole.

"Chi altro possiede una chiave del cancello esterno?" chiese Tyler.

"Trina e Ruby West hanno entrambe le chiavi del cancello e dell'edificio, ma non della cantina. Ovviamente, anche Jose possiede le chiavi, ma è fuori città" rispose Antonio. "Non ruberebbe il suo stesso vino. Tuttavia, ho dei sospetti. Pearl West aveva una bancarella lungo la strada, fuori dalla sagra. Ho sentito dire che vendeva il mio vino. Non le ho mai dato il mio vino, quindi dove se l'è procurato?" Antonio si voltò verso di me. "È per questo che eravate così desiderose di aiutarmi ieri? Per farmi lasciare fuori il vino durante la notte e rubarlo?"

Ero scioccata dalle sue accuse. "Certo che no! Volevo aiutarti e zia Pearl ha insistito per venire con me. Ovviamente non posso parlare a nome suo, ma probabilmente pensava di aiutarti a modo suo".

Non ci credevo, ma non sapevo cosa dire. Zia Pearl era capace di un sacco di cose, ma rubare non era tra queste. Almeno, non mi risultava. Avrebbe potuto però usare facilmente la chiave di mamma per aprire il cancello, ed era vero che si fosse messa a vendere il vino di Antonio lungo la strada, senza il suo permesso.

Tecnicamente, non c'era bisogno che rubasse il vino di Antonio. Avrebbe potuto semplicemente crearlo per magia, ma guadagnare attraverso la magia era rigorosamente proibito dalle regole della Witches International Community Craft Association. Zia Pearl aveva già ricevuto un ammonimento dalla WICCA lo scorso Natale. Non poteva permettersene un altro, altrimenti sarebbe stata sospesa.

Quindi, anziché ricorrere alla magia, aveva preso il vino di Antonio, svuotandone le cassette per non essere scoperta immediatamente. Anziché violare le regole della WICCA, aveva violato quelle del codice penale. Zia Pearl era una ladra, e non invidiavo a Tyler il compito di arrestarla.

Tuttavia, le ammonizioni della WICCA non avevano mai fermato zia Pearl in passato. Amava infrangere le regole. Anzi, ne traeva un immenso piacere! Sapeva benissimo che prendere il vino di Antonio gli avrebbe rovinato la sagra. La sua interferenza era uno scherzo di cui aveva sottovalutato gli effetti, oppure qualcosa di peggio. Accorgersi del vino che mancava aveva costretto Antonio a tornare all'azienda vinicola, dove aveva trovato Richard.

Quando zia Pearl diceva di voler aiutare Antonio a imbottigliare il vino, in realtà stava aiutando sé stessa. Ero furibonda. Non riuscivo a immaginare quale altra spiegazione potesse avere mia zia. Dovevo almeno parlarle prima di condividere i miei sospetti con Tyler.

Per adesso, questa era un'indagine per omicidio, e la mia conversazione con la zia doveva aspettare.

Antonio sollevò le mani mentre parlava, rivelando diversi tagli sugli avambracci. Sembravano freschi, come se fosse stato in un combattimento.

Anche Tyler li notò. "Cos'è successo?"

"Mi sono tagliato sul cancello quando ho cercato di aprirlo al mio ritorno. La camicia si è impigliata nel filo spinato. Quando ho cercato di liberarmi, ho perso l'equilibrio e le braccia si sono ferite sul filo spinato. I tagli sono molto profondi, non smettono di sanguinare".

Trina assunse un'espressione preoccupata, ma non disse nulla.

"Davvero?" Tyler si voltò verso il viale d'accesso, ma gli esperti della scientifica di Shady Creek ancora non arrivavano. Guardò Antonio. "Hai organizzato tu l'incontro o è stato Richard?" Tyler serrò gli occhi, osservando la reazione di Antonio.

"Nessuno dei due... non c'era nessun incontro. Non l'ho mai chiamato e lui non ha mai chiamato me. Il cancello era chiuso quando sono tornato, proprio come l'avevo lasciato. E la sua macchina non c'era. Non mi aspettavo di trovare nessuno qui, tantomeno Richard. Doveva essere alla sagra, come me. Dopo tutto, era un giudice".

"Hai notato qualcos'altro fuori dal comune?"

Antonio scosse la testa. "No, ero di fretta, volevo tornare alla sagra perché Trina era da sola. Sono entrato e mi sono diretto in cantina".

"Eri da solo?" chiese Tyler.

"Certo, ero da solo. Lo sai che Trina era rimasta alla sagra".

Tyler annuì. "Qui non hai incontrato nessuno?"

"Quante volte te lo devo ripetere, Tyler? Nessuno è venuto con me e nessuno mi ha incontrato qui. Richard era già venuto ieri per dirmi che la banca mi avrebbe pignorato i beni. Poi se n'era andato. Non potevo fare nulla: o trovavo i soldi, o non li trovavo. Non aveva motivo di essere qui. Doveva essere alla sagra, perché stava per iniziare la gara. Non capisco cosa ci facesse qui".

"La sagra è a soli pochi minuti di distanza in auto da qui" disse Tyler. "C'era abbastanza tempo per una breve conversazione su qualcosa d'importante. Come perdere la tua azienda e la tua casa".

"Non è così". Antonio alzò la voce, in preda alla frustrazione. "E ancora non ho perso nulla".

"No, ma stai per farlo. Forse hai chiamato Richard per chiedere una proroga, oppure un nuovo prestito?"

Antonio sollevò una mano per obiettare. "Ci avevo già provato, ma era irremovibile. Chiedi a Cen. Era con me ieri, quando Richard mi ha dato l'ultimatum. Dovevo pagare, altrimenti la banca mi avrebbe pignorato tutto".

"Richard disse ad Antonio che aveva tempo fino a lunedì" dissi.

La triste verità era che Antonio aveva un valido movente per uccidere Richard. L'Antonio che conoscevo io non avrebbe mai fatto ricorso alla violenza. Tuttavia, la sua personalità era cambiata con il peggiorare delle sue difficoltà finanziarie. La disperazione spinge la gente a fare cose impensabili.

Ma non credevo che Antonio si sarebbe potuto trasformare in un assassino a sangue freddo.

A meno che...

E se l'incantesimo di zia Pearl avesse avuto effetti indesiderati? La passione può spingere la gente verso il bene e verso il male. Antonio era appassionato della sua azienda e gliela stavano per portare via.

Magari zia Pearl aveva lanciato un secondo incantesimo di cui non sapevo nulla. E se fosse stato un incantesimo a manomettere la serratura biometrica? Come avrei potuto dimostrarlo? Dovevo scoprirlo.

Mi voltai verso Antonio. "Se solo tu puoi aprire la serratura della cantina, qual era il tuo piano di riserva nel caso in cui ti fosse successo qualcosa? Non potevi non averne uno. Come avrebbe potuto qualcun altro a entrare nella cantina?"

Antonio piegò la testa verso Trina. "Volevo aggiungere Trina, ma Jose non era d'accordo e quindi non avevo ancora pensato a un piano B. Mi rendo conto che è stupido". Antonio si appoggiò al muro dell'edificio, sembrava esausto. Si lasciò scivolare, sedendosi per terra con le gambe stese in avanti.

Tyler non disse nulla.

Non c'era bisogno che dicesse nulla, perché stavamo tutti pensando la stessa cosa.

Antonio ruppe il silenzio. "Pensi che io sia l'unico che possa avere fatto tutto questo?"

"Non ho detto che l'hai fatto o non lo hai fatto, Antonio"

rispose Tyler. "Per il momento sto solo raccogliendo i fatti. Tuttavia, in base a ciò che hai detto finora, solo tu potevi accedere alla cantina. Questo significa che solo tu avresti potuto fare entrare Richard".

"Te lo giuro, non ho ucciso Richard. Deve esserci una spiegazione logica".

Antonio non aveva accennato alla seconda serie di impronte. Non le aveva notate, oppure pensava che non le avessimo notate noi.

"C'è una modalità che non richiede la tua impronta digitale?" chiesi. "E cosa succede quando manca la corrente? La serratura ha una memoria interna o si resetta da sola?"

Antonio scosse la testa. "Le impostazioni sono memorizzate. SecureTech mi ha detto che c'è una batteria di scorta, affinché nulla si cancelli".

Tyler si girò verso di me. "Cen, puoi cercare qualche informazione sul produttore della serratura?"

Annuii. Il medico legale e gli esperti della scientifica di Shady Creek assistevano Westwick Corners nei casi più importanti, tuttavia a capo delle indagini rimaneva Tyler, a meno che non chiedesse aiuto in modo ufficiale. Ma l'avrebbe fatto solo in casi estremi.

"Hai toccato qualcosa?"

Antonio annuì. "L'interruttore in cima alle scale della cantina, il corrimano... tantissime cose. È successo tutto così in fretta".

Indicai con il dito la sua camicia e le sue mani insanguinate. "Il sangue..."

"Gli sono caduto addosso. Deve essere successo quando mi sono rialzato. E mi ero anche appena tagliato le braccia con il filo spinato del cancello..."

Tyler si strofinò il mento. "Quindi il sangue era abbastanza fresco... Richard non era lì da molto".

"Hai delle telecamere di sorveglianza, Antonio?" chiese Tyler.

"Ce n'è una all'esterno, ma non funziona da un anno. Non l'ho mai fatta riparare".

"Vantaggioso per l'assassino" disse Tyler.

Mi sembrò strano che Antonio non avesse riparato la telecamera prima di installare una serratura all'avanguardia. Forse la serratura era un deterrente migliore, poiché le telecamere mostravano i crimini solo dopo che erano avvenuti e non prevenivano gli accessi non autorizzati. Ma anche così, il sistema di sicurezza della cantina sembrava esagerato. I furti erano rari nella nostra cittadina. O magari non così rari, considerando che zia Pearl si era presa il vino di Antonio. Era anche riuscita a oltrepassare il cancello, ma per una strega era una cosa facile. Non faceva di lei un'assassina, tuttavia significava che poteva entrare tanto quanto Antonio. Aveva anche aperto con la magia la serratura a prova di manomissione della SecureTech? In tal caso, si sarebbe spiegato l'ingresso nella cantina da parte di una persona diversa da Antonio.

Quel pensiero mi sollevò e impaurì a morte allo stesso tempo.

CAPITOLO 13

Tyler mi diede un passaggio in ufficio nel primo pomeriggio, così che potessi informarmi sulla serratura della SecureTech installata da Antonio. Tyler proseguì per il ranch di Harcourt, dove avrebbe informato della morte di Richard sua moglie, Valerie. Non lo invidiavo per nulla.

Salii le scale verso il mio ufficio sentendo le gambe molto pesanti. Questo weekend si era rivelato molto diverso da ciò che mi aspettavo. Una giornata divertente alla sagra del vino, seguita dalla sorpresa promessa da Tyler, si erano ora trasformate in un'indagine per omicidio, con molte incongruenze preoccupanti da parte del nostro amico e vicino. Come potevano così tante cose essere andate storte così velocemente?

La polizia di Shady Creek aveva portato Antonio nel suo quartier generale, a un'ora di distanza, dove avrebbero preso le sue impronte digitali, il suo DNA, i suoi abiti, le sue scarpe e campioni di pelle e di unghie da fare esaminare. In base ai risultati iniziali, Antonio sarebbe stato rilasciato oppure trattenuto fino all'arrivo di Tyler.

Era necessario ricorrere alla scientifica di Shady Creek

perché Tyler era l'unico rappresentante della legge di Westwick Corners e non poteva essere in più luoghi contemporaneamente. Inoltre, Antonio e Tyler si conoscevano abbastanza bene. Poiché erano amici, aveva senso che fosse una terza parte ad acquisire le prove. Si garantivano l'imparzialità e le eventuali accuse di favoritismo. Questi aspetti sarebbero stati importanti sia nel caso in cui Antonio fosse stato accusato e processato per l'omicidio di Richard, sia nel caso in cui fosse scagionato.

Accesi il computer e cercai informazioni sulla SecureTech. Trovai subito il loro sito web, con immagini delle diverse serrature. Alcune erano serrature a chiave, altre a combinazione numerica e altre, come quella di Antonio, avevano funzioni di sicurezza biometriche. Riconobbi immediatamente la serratura biometrica di Antonio, tuttavia trovai pochi dettagli nella descrizione, a parte il fatto che si trattava di una tecnologia all'avanguardia. Il sito web riportava solo i contatti per la vendita, tuttavia mi ricordai che Antonio aveva appuntamento con un tecnico lunedì. Non potevo aspettare così a lungo. Nel frattempo, avrei dovuto fare ricorso alla creatività. Dovevo trovare un tecnico più in fretta, oppure recuperare un manuale delle istruzioni.

Tyler fece ritorno dal ranch di Harcourt alle tre passate.

Entrò e si sedette lentamente nella sedia accanto alla mia scrivania. Sembrava esausto. Gli raccontai ciò che avevo scoperto sulla serratura di Antonio e sull'appuntamento di lunedì.

"Non possiamo aspettare così tanto. Cercherò di trovare i recapiti del tecnico per farlo uscire prima" disse Tyler.

"Come è andata con Valerie?"

"Non l'ho trovata" rispose Tyler. "Però ho parlato con la governante. Valerie era fuori a cavallo dalla mattina. Non aveva con sé il cellulare, quindi non era possibile contattarla.

Ho detto alla governante di dire a Valerie di chiamarmi non appena fosse tornata. Spero che mi chiami presto, perché non so per quanto posso tenere segreto ciò che è successo".

"La governante non sa di Richard?"

Tyler scosse la testa. "Le ho detto solo che si trattava di una faccenda urgente".

Tyler guardò l'orologio. "È meglio che torniamo alla sagra. Spero che non si sia già sparsa la notizia. In ogni caso, voglio che tutti se ne vadano prima che scada la licenza per la vendita di alcol alle cinque".

Con tutto quello che era successo, mi ero quasi scordata della sagra del vino. Zia Pearl stava ancora vendendo il vino di Antonio? Probabilmente. Afferrai la mia borsa e le chiavi.

Tyler mi seguì fuori dall'ufficio e attese che chiudessi a chiave la porta. Fuori c'era un venticello fresco.

Aveva smesso di piovere e si intravvedeva un po' di sole tra le nuvole in movimento.

"Anche Valerie potrebbe essere uno dei sospetti" dissi. "Ha un movente e non ha un alibi. Ho sentito dire che voleva chiedere il divorzio".

"Forse" disse Tyler. "Ma è una persona sospetta senza accesso alla cantina".

"La gente si starà chiedendo cosa sia successo a Richard" dissi mentre raggiungevamo la Jeep di Tyler. "È sparito da ore. Dubito che la giuria abbia proceduto senza di lui".

"È questo che mi preoccupa" disse Tyler. "L'intera cittadina sarà già sbronza. Dobbiamo fare emettere il verdetto della giuria e chiudere la sagra. Non voglio che la gente venga a saperlo lì. Diffonderò la notizia questa sera. Altrimenti, con una folla ubriaca, ci saranno sicuramente dei problemi".

"Tralasciando la serratura, non pensi che Valerie abbia molto da guadagnarci? Avrebbe ottenuto la metà di tutto divorziando. Con la morte di Richard, eredita invece tutto quanto senza fatica" dissi.

"È vero, ha un movente" concordò Tyler. "Inoltre, a giudicare dalla ferocia delle ferite, l'assassino conosceva bene la vittima. Più di una di quelle coltellate sarebbe bastata per ucciderlo, quindi è ovvio che l'assassino fosse mosso da una vendetta personale. Ma se fosse stata Valerie, perché adesso? Aveva già detto che voleva divorziare. Solitamente l'assassino è la persona a cui viene chiesto il divorzio, non il contrario. E perché ucciderlo nella cantina di Antonio?"

"Forse qualcosa l'ha fatta scattare dopo tutti questi anni". Non avevo però mai visto Valerie perdere la calma. Non ritenevo che fosse capace di una violenza simile. "È minuta però, la metà di Richard. È impossibile che abbia potuto sopraffarlo fisicamente. Se Valerie è coinvolta, qualcuno l'ha aiutata".

Tyler concordò con me. "Magari ha assoldato qualcuno. Ma non ha una chiave, né il codice per accedere alla cantina. Tuttavia, in quanto moglie di Richard, è tra le principali persone sospettate. La interrogherò non appena torna a casa. Se torna a casa... Nel frattempo, andiamo alla sagra e cerchiamo di mettere fine a tutto nel più breve tempo possibile".

CAPITOLO 14

Controllai l'orologio mentre ci avvicinavamo alla scuola. La sagra sarebbe finita in poco più di un'ora, a patto che la giuria si fosse pronunciata come previsto, nonostante l'assenza di Richard. Desiree non sarebbe stata d'accordo, ovviamente, ma sarebbe stata in minoranza.

La spietata competitività di Desiree non aveva senso perché, diversamente da altri concorsi, il nostro non offriva alcun premio in denaro, solo un trofeo e il diritto, per il vincitore, di aggiungere per un anno alle proprie etichette la dicitura "Vincitore della sagra del vino di Westwick Corners". La posta in palio non era alta, se non per i produttori di vino che non avrebbero mai potuto vincere concorsi più competitivi. In teoria, persino un vino cattivo poteva vincere qui.

"Tyler, se l'assenza di Richard cambia il risultato della gara, pensi che uno degli altri concorrenti locali potrebbe essere coinvolto?"

Tyler fissava la strada, mentre raggiungevamo la scuola. "Intendi dire un altro concorrente a parte Antonio? Sì, è possibile. Il movente di Antonio, però, ha meno a che fare con il concorso... riguarda la sua situazione economica".

Mamma, Antonio e Desiree erano gli unici concorrenti locali e la sagra del vino di Westwick Corners era l'evento più piccolo tra la decina di concorsi dello stato di Washington. I concorrenti regionali erano interessati alla nostra piccola sagra cittadina solo se quel giorno non c'erano altri concorsi più importanti. La decina di aziende vinicole non locali non aveva bisogno di vincere, venivano solo per vendere più vino. Non avevano alcun interesse nella vittoria, indipendentemente dalla presenza di Richard.

"Desiree vince il premio di vino dell'anno solo grazie a Richard" dissi. "Non ha alcun motivo per ucciderlo. Anzi, ha tutti i motivi per NON ucciderlo. È la sua amante da anni e lui sta per divorziare. Finalmente avrà tutto quello che desiderava".

"Quindi, a parte Antonio, l'unica altra persona disperatamente interessata a vincere è Ruby".

"Mia madre non farebbe mai qualcosa del genere! Odia la competizione e non voleva nemmeno iscrivere il suo vino alla gara. Zia Pearl l'ha iscritta a sua insaputa".

Tyler sogghignò. "Lo so, Cen. E Ruby e Desiree erano entrambe alla sagra per tutto il tempo, con un sacco di testimoni. Dovrò fare una verifica, naturalmente. Ma ricordo di averle viste nel momento esatto in cui ho ricevuto la chiamata di Antonio. E naturalmente ho visto Pearl impegnata nel suo bar lungo la strada. Sembra che tutti abbiano un alibi, fatta eccezione per Antonio".

Come per magia, apparvero dei segnali lampeggianti sul ciglio della strada. Ogni segnale era di un colore diverso e sembrava sospeso nell'aria, come un ologramma.

"Ma che diavolo..." Tyler sterzò per evitare un segnale verde brillante apparso improvvisamente davanti al parabrezza.

Ti stai avvicinando ai vini

"Attento!" Mi aggrappai alla maniglia della portiera mentre Tyler frenava bruscamente. L'auto sbandò, quindi si raddrizzò. "Ci è mancato poco..."

"Aspetta". Tyler frenò e rallentò, mentre un secondo segnale, questa volta rosa fucsia, strisciava sul tetto della Jeep.

Il meglio dei vini locali

I segnali lampeggianti sembravano fluttuare sopra di noi senza alcun sostegno... si trattava sicuramente di magia.

Zia Pearl sapeva che li avremmo visti. Era disposta a correre grossi rischi pur di salvare la sagra del vino. Ma a pensarci bene, forse non era a beneficio della sagra. Dubitavo che le importasse qualcosa. Il segnale rosa scomparve, sostituito da uno giallo:

Non rimanere senza vino

Per fortuna non c'era altro traffico, perché Tyler doveva sterzare per evitare i segnali, che sembravano comparire dal nulla. Rosso, oro, bianco, blu...

Ti stai avvicinando
Preparati a brindare
Il vino vincente
Non è quello che pensi!
Bevi
Perché no?
Te lo meriti
Gira qui

I segnali erano così tanti che fummo costretti a rallentare per leggerli tutti.

"Impudente" disse Tyler. "Pearl sa decisamente come vendere".

"Zia Pearl solitamente allontana la gente da Westwick Corners, non la attira. Sta combinando qualcosa". Qualcosa di diverso dalla vendita del vino, perché zia Pearl aveva sempre un secondo fine. Questa volta però non riuscivo a capire quale fosse.

Mentre ci avvicinavamo al parcheggio della scuola, comparve un segnale più grande:

Bar per la raccolta di fondi per Antonio Lombard
Sconfiggiamo la banca

Non avevamo notato i segnali quando avevamo lasciato la sagra, perché arrivavano solo in una direzione. Una raccolta di fondi per Antonio poteva sicuramente essere male interpretata se lui fosse stato accusato dell'omicidio di Richard.

Mentre Tyler rallentava per entrare nel parcheggio, passammo davanti al bar di zia Pearl. Ora però era deserto. La porta del camper era chiusa e i tavoli e le sedie erano vuoti. Al posto dei clienti che sorseggiavano il vino, ora c'erano solo bicchieri e cartoni vuoti.

La festa era finita.

CAPITOLO 15

Tyler aveva appena parcheggiato la Jeep, quando la polizia di Shady Creek chiamò per aggiornarlo circa le prove raccolte sul luogo del delitto.

Mentre aspettavo, notai che la Corvette di Richard era rimasta nello stesso posto. Il tetto era ancora abbassato e c'erano piccoli rivoli di pioggia sui sedili in pelle. Il vino Verdant Valley Vineyards di Desiree non era più sui sedili posteriori.

Mentre Tyler parlava al telefono, decisi di non aspettare più a lungo. Poteva incontrarmi all'interno, alla fine della telefonata.

Scesi dalla macchina e mi diressi verso la palestra. Il chiasso che proveniva dalle porte aperte sembrava più simile a una festa del sabato sera che al primo pomeriggio di una sagra di paese.

Quando entrai, capii immediatamente dove fossero finiti i clienti di zia Pearl. L'intera cittadina era qui, tuttavia i rappresentanti delle aziende vinicole sembravano essere andati via.

L'atmosfera festosa non si sposava con la mia tristezza.

Ovviamente, nessuno sapeva ancora della morte di Richard. Non sembravano nemmeno avere notato la sua assenza.

Proprio mentre mi chiedevo se la giuria si fosse pronunciata, o se non avesse nemmeno cominciato senza Richard, si udì dagli altoparlanti il fischio stridente di un microfono.

Rabbrividii al suono fastidioso e guardai il palco.

Zia Pearl era in piedi davanti a un microfono alto quasi quanto lei. Non aveva perso tempo a prendere in mano la situazione. In un certo senso, era una cosa positiva. Conoscendola, i giudici avrebbero fatto in fretta, perché nessuno aveva il coraggio di contraddirla. Tyler non avrebbe dovuto trovare scuse per giustificare l'assenza di Richard agli altri due giudici, e la sagra si sarebbe conclusa all'orario previsto.

"Ascoltate tutti!" gridò zia Pearl nel microfono.

Mi coprii le orecchie con le mani e il mio sguardo incrociò il suo.

Era al centro del palco, nella sua tuta di paillette rosse, con il microfono piegato verso di lei alla Mick Jagger. Non l'aveva abbassato, forse prevedendo che tutto sarebbe finito molto in fretta. "La giuria procederà tra cinque minuti!"

Alle sue spalle c'era un lungo tavolo coperto con una tovaglia di lino bianca. Due delle tre sedie erano occupate da due dei tre giudici, un uomo e una donna. La sedia di Richard, proprio al centro, era vuota.

Sebbene l'aumento dei giudici a tre fosse sembrato più democratico, una era Carol, dipendente della banca di Richard, e l'altro era Reggie, suo compagno di golf. Fissai la sedia vuota di Richard. La giuria composta da tre giudici era solo un'apparenza. Avrebbero fatto quello che voleva Richard. Adesso, senza di lui, cosa sarebbe successo?

Nessuno sul palco sembrava porsi domande sul ruolo di zia Pearl, né sull'assenza di Richard. Forse non vedevano l'ora di finire. O forse erano tutti troppo ubriachi.

Accanto al palco c'era un tavolo identico, con decine di bicchieri di vino. Lacey Ratcliffe, un'amica ventenne di Trina, era in piedi dietro al tavolo. Il suo compito era quello di porgere a ogni giudice un bicchiere nuovo per ciascun vino, e raccogliere i bicchieri vuoti dopo ciascun giudizio.

Zia Pearl parlò nel microfono. "Attenzione, tutti quanti! Richard non c'è, quindi abbiamo deciso di cambiare la giuria. Vi prego di dare il benvenuto al giudice Earl". Lo invitò sul palco con un gesto della mano.

Il fidanzato di zia Pearl era un tipo rilassato, tuttavia in quel momento aveva l'aspetto di una persona che avrebbe voluto essere altrove. I suoi occhi guardavano in modo frenetico a destra e sinistra, come se cercasse una via di fuga.

"Earl! Muovi il sedere e vieni qui!" sussurrò zia Pearl; purtroppo, si era dimenticata del microfono acceso, quindi tutti la sentirono.

Earl spalancò gli occhi e salì lentamente sul palco. Emise un profondo respiro e si sedette nella sedia vuota di Richard, tra Carol e Reggie. Fissava un punto davanti a sé, rassegnato al proprio destino.

Gli altri giudici apparivano confusi, ma non obiettarono.

Desiree corse sul palco e fissò zia Pearl. "Non puoi farlo!"

"Certo che posso. Qual è il problema? Temi di non vincere senza il tuo amante nella giuria? Magari sarà così. Forse quest'anno avremo un vincitore diverso". Con le sue provocazioni, zia Pearl sembrava un po' bulla.

Desiree fece una smorfia ed estrasse il telefono, probabilmente per chiamare Richard. Lo rimise in tasca qualche secondo dopo, con la fronte aggrottata. "Dove è finito quell'uomo?"

A questo punto, solo a Desiree interessava il premio di Vino dell'anno. La gente voleva solo bere ancora.

Zia Pearl batté le mani. "Ok, allora iniziamo con la categoria 'Vino più migliorato'. Prendete i bicchieri e procedete.

"Pearl, aspetta..." disse Earl. "Non sono sicuro che sia una buona idea. Io non bevo nemmeno. Come farò a capire se un vino è buono?"

Zia Pearl lo allontanò con un gesto della mano. "Non è la fine del mondo, Earl. Guarda quello che fanno gli altri giudici. Andrà tutto bene".

Almeno Earl avrebbe iniziato da sobrio... Non lo sarebbe rimasto a lungo dopo avere assaggiato tutti i vini, soprattutto perché era astemio.

Carol e Reggie avevano già assaggiato un po' troppo, a giudicare dai volti arrossati e dal modo in cui farfugliavano. Le loro voci sbronze erano così alte che non serviva un microfono per sentirli. Si stavano divertendo un po' troppo. Sicuramente si sarebbero offerti volontari anche per il concorso dell'anno prossimo.

"Questa è una degustazione alla cieca". Zia Pearl sollevò una busta di carta marrone. Dal modo in cui la teneva, era evidente che dentro ci fosse una bottiglia di vino. Sul sacchetto c'era un grande numero 1 scritto in pennarello nero. Abbassò la bottiglia e si diresse verso il tavolo dei giudici.

Versò una generosa quantità di vino nei bicchieri vuoti davanti a ciascun giudice.

Disse: "Funziona così: assegnate un voto a ciascun vino, da zero a cento, anche se nessuno ha mai preso cento. E nessuno ha mai preso meno di cinquanta. Quindi... pensate a numeri tra cinquanta e novantanove, d'accordo?"

"Perché non possiamo semplicemente dare un voto da zero a cinquanta?" domandò Earl.

Zia Pearl scosse la testa. "Earl, non sai proprio niente di vini! Non funziona così".

Earl aprì la bocca per parlare, ma fu zittito dal dito di zia Pearl.

"Seguiamo le regole del *Wine Spectator*. Nessuno sa perché assegnino i voti così, Earl, ma non sono io a stabilire le regole. Scegli un numero tra cinquanta e novantanove e chiudiamo questa gara, così ce ne possiamo andare a casa. Calcoleremo la media dei voti dei tre giudici per ottenere i punteggi finali".

Zia Pearl si avvicinò al microfono. "Questo è il primo vino. Su, bevete tutti!"

I due giudici brilli ubbidirono felicemente, mentre Earl prese un sorso con fare guardingo. Fece una smorfia, chiaramente disgustato. Sorrisi tra me e me. Faceva davvero di tutto, pur di rendere felice zia Pearl.

Sebbene il punteggio ufficiale di ciascun vino fosse determinato dai tre giudici, anche il pubblico poteva assaggiare i vini e attribuire il proprio voto. Si vincevano premi scegliendo gli stessi vincitori dei giudici, ad esempio i vincitori delle varie categorie e il vincitore assoluto.

La tovaglia bianca dei giudici diventava sempre più rosa con il progredire delle degustazioni. Ormai era più il vino rovesciato che quello bevuto. Earl continuava ubbidiente a sorseggiare il vino e sembrò persino rilassarsi un po'.

Zia Pearl aveva riempito i tre bicchieri dei giudici e ora ne stava riempiendo un quarto. Posò il bicchiere davanti a sé.

"Ehi, non sei un giudice!" Desiree puntò il dito verso zia Pearl. "Non puoi giudicare il vino di Ruby: è tua sorella".

Zia Pearl alzò gli occhi al cielo. "Certo che non sto giudicando. Il mio ruolo è quello di controllare, e sto assaggiando i vini per assicurarmi che siano quelli giusti. Casomai che qualcuno provasse a imbrogliare". Fissava Desiree, che gironzolava intorno al palco. "In passato qualcuno ha scambiato le bottiglie e io non tollererò comportamenti del genere".

Desiree si mise le mani sui fianchi. "Cosa stai insinuando, Pearl? Che non ho vinto in modo onesto?"

Zia Pearl sbuffò: "L'hai detto tu".

"Non sei nemmeno un membro della giuria. Non puoi metterti a capo di tutto e comandare a tuo piacimento".

Gli occhi di zia Pearl divennero delle piccole fessure, attraverso le quali studiava Desiree. "Le persone che fanno cose di nascosto, probabilmente le fanno anche in altri ambiti".

"Non comandi tu, Pearl!" gridò Desiree. "Qui comanda Richard".

"Desiree, è sparito. Qualcuno doveva pur mandare avanti l'evento".

"Ma Richard..."

"Richard non è qui". Zia Pearl picchiettò l'orologio. "La licenza per le bevande alcoliche scade tra un'ora. Vuoi andare avanti con la gara o no?"

Desiree la guardò con sospetto: "Dov'è Richard? Continuo a chiamarlo, ma non risponde".

Ero stata accanto a Desiree mentre urlava a zia Pearl, ma nessuna delle due aveva notato la mia presenza. Meglio così, perché sapevo un segreto troppo grosso. Il cuore mi batteva nel petto. Temevo di rivelare accidentalmente la morte di Richard.

Desiree era al telefono mentre tornava alla sua bancarella, probabilmente stava provando ancora a chiamare Richard.

La cercai con gli occhi qualche momento dopo e vidi che era impegnata a parlare con dei clienti. Era un'altra persona la cui vita stava per cambiare per sempre, ma ancora non lo sapeva. Mi chiesi come Tyler avrebbe informato Desiree. Non era la moglie di Richard, al contrario di Valerie, quindi non era considerata un familiare e non sarebbe stata tra i primi a scoprire della sua morte.

Non approvavo le relazioni extraconiugali, tuttavia

sembrava ingiusto che Desiree venisse a sapere di Richard allo stesso tempo della gente comune. Anche se era "l'altra" e non la moglie di Richard, gli era comunque stata vicina. Tyler avrebbe avuto un bel daffare.

Sentii un brusio tra la folla vicina all'ingresso. Valerie Harcourt stava attraversando il salone con la faccia di chi voleva uccidere qualcuno!

La moglie di Richard indossava una fluttuante camicia di lino bianca, mentre i suoi jeans attillati erano infilati in un paio di stivali da cowboy di lusso. Il suo abbigliamento casual era in contrasto con la sua espressione infuriata.

Per quanto ne sapevo, Valerie non aveva mai partecipato alla sagra, sebbene Richard ne fosse il giudice da quasi un decennio. Sospettavo che Valerie fosse qui per accusare pubblicamente Desiree e Richard della loro tresca.

Estrassi il telefonino per chiamare Tyler e feci un sospiro di sollievo quando mi rispose, anziché inoltrarmi alla segreteria telefonica. "Valerie è appena arrivata ed è sul piede di guerra. Ti consiglio di venire qui immediatamente. La situazione tra lei e Desiree sta per precipitare".

"Arrivo subito" disse Tyler.

Lo speravo con tutto il cuore.

Valerie camminava così veloce che sembrava stesse correndo. Si guardò intorno, quindi si diresse verso la bancarella di Desiree, quella della Verdant Valley Vineyards.

Sulla palestra calò improvvisamente il silenzio. Il chiasso si tramutò in un mormorio, quindi tutti smisero di parlare. L'unico rumore era quello dei tacchi degli stivali di Valerie, che marciava verso Desiree.

"Dov'è?" Valerie fronteggiò Desiree con le mani sui fianchi.

"Dov'è chi?" rispose Desiree con un tono eccessivamente zuccherino.

"Dacci un taglio, Desiree. Sai benissimo di chi sto parlando... Richard, mio marito". Diede molta enfasi alle parole *mio marito*.

Guardai la porta in preda alla disperazione, chiedendomi perché Tyler ci stesse mettendo così tanto ad arrivare dal parcheggio.

Cercai nella mia mente una scusa per interromperle.

Desiree alzò le mani al cielo. Non ho idea di dove sia. È qui da qualche parte. Non spio ogni sua mossa come fai tu. Avrai pur visto la sua macchina nel parcheggio".

"Ma non è qui". Valerie batté un piede, il volto rosso dalla rabbia. "È a casa tua?"

"Certo che no. Abbiamo... cioè ha guidato..." Desiree si interruppe a metà frase, sentendo improvvisamente il peso dell'assenza di Richard.

"Insomma, Desiree! Dimmi dov'è!"

Desiree spalancò gli occhi. "C'è qualcosa che non va".

C'era davvero qualcosa che non andava. Sapevo esattamente dove fosse Richard, ma non potevo dire una parola. Guardai nervosamente l'ingresso della palestra. Dov'era Tyler?

Finalmente la porta si aprì e Tyler entrò, facendosi strada tra i gruppetti di assaggiatori e di compratori. Si avvicinò a noi con passo sostenuto. Il suo volto non tradiva alcuna espressione, una tattica studiata per non lasciare trasparire nulla.

Guardai Valerie e Desiree, che avevano smesso di litigare. Fissavamo Tyler silenziosamente, mentre si avvicinava a noi ignorando i saluti ubriachi degli astanti.

CAPITOLO 16

"Cosa sta succedendo?" chiese Valerie mentre Tyler si avvicinava a lei. Vacillava, con il volto sbiancato.

Le misi un braccio intorno alle spalle e la guidai verso una sedia lì vicino. Feci appena in tempo; le sue gambe cedettero e lei sprofondò sulla sedia. Mi apparve strano. La sua reazione era una premonizione oppure qualcosa di diverso?

Tyler si inginocchiò e le parlò a bassa voce.

Desiree si avvicinò a Valerie e Tyler. "Cosa succede? Cosa sta dicendo?"

Bloccai Desiree con il braccio. "No, Desiree. Lasciali parlare".

Mi guardò male e borbottò: "Se si tratta di Richard, ho il diritto di sapere anch'io. Anzi, forse ancora più di lei".

Alla fine, il mio intervento non fece alcuna differenza.

"Se ne è andato!" gridò Valerie. Abbasso la testa e si mise a piangere nascondendo il volto con le mani, mentre il suo corpo tremava visibilmente. "Come farò?"

"Credevo che stesse per chiedere il divorzio" sussurrò zia Pearl. "Che primadonna".

Posai l'indice sulle labbra: "Zitta, zia Pearl".

In quel momento, Desiree mi passò davanti, facendomi quasi cadere per terra. "Andato dove? Deve tornare qui a giudicare i vini!"

"Taci, rovinafamiglie!" Valerie si alzò dalla sedia, riprendendosi velocemente dallo choc della notizia. "A nessuno importa del tuo stupido vino. Sappiamo tutti che sei un'imbrogliona".

Tyler si mise tra le due donne, allungando entrambe le braccia per allontanarle.

Valerie si risedette.

"Non taccio assolutamente". Desiree incrociò le braccia e picchiò il piede in modo impaziente. "E non insultarmi, Val. Per favore, qualcuno mi dica cosa sta succedendo".

Appoggiai una mano sul braccio di Desiree. "Perché non prendi una sedia? Penso che Tyler voglia parlare anche con te".

Desiree fissò la mia mano con disprezzo, ma si sedette.

Zia Pearl la seguì. "Richard è morto, ecco cosa sta succedendo".

"Come fai..." mi fermai a metà frase. Zia Pearl non poteva saperlo. Né io né Tyler l'avevamo detto a nessuno. A parte i vigili del fuoco, le uniche altre due persone che sapevano della morte di Richard erano Trina e Antonio. Antonio era al commissariato di Shady Creek e Trina era con lui.

Nessun altro lo sapeva.

A parte l'assassino, ovviamente. Un brivido mi percorse la schiena.

Desiree fece una smorfia. "Non inventarti delle storie ridicole, Pearl. È impossibile! Richard era qui stamattina. Si è solo allontanato. Tornerà a breve".

"Ti illudi" disse zia Pearl. "Non succederà".

Tyler si avvicinò a Desiree e si sedette accanto a lei.

"Desiree, quando è stata l'ultima volta che hai visto Richard?" chiese Tyler.

"Non so… qualche ora fa. L'hai visto? Sono stata così impegnata a preparare la bancarella che non me lo ricordo con esattezza. Hai bisogno di parlargli? Forse aveva una commissione da fare".

Tyler si strofinò il mento. "Che tipo di commissione?"

"Cosa ne so? Non sono il suo guardiano". Desiree fissò Valerie. "Perché tutte queste scene, Val? Avevi detto a Richard che volevi il divorzio".

"No, non è vero! È una bugia!" Valerie pronunciò quelle parole come se fossero veleno, quindi si alzò.

Cercai mamma con lo sguardo nella palestra. Andava d'accordo con tutti e sarebbe stata in grado di calmare la situazione tra le due donne. Guardai la sua bancarella e, inizialmente, non la vidi. Poi la sua risata ruppe il silenzio. Stranamente, non aveva notato che la folla era diventata silenziosa.

Doveva essersi accorta del mio sguardo posato su di lei e, senza che le facessi alcun cenno, attraversò il salone per unirsi a noi.

"Cen, cosa c'è?" mi chiese con un'espressione preoccupata.

La presi da parte e le spiegai la situazione, proprio mentre Desiree emetteva un urlo straziante. Ricevere la notizia da Tyler rendeva tutto ufficiale e molto reale.

"L'hai ucciso!" Desiree si scagliò contro Valerie. "Me l'hai portato via, proprio mentre stavamo per fidanzarci".

"Non puoi fidanzarti con un uomo già sposato". Zia Pearl bloccò Desiree con il suo braccio ossuto.

Desiree indietreggiò, confusa dalla sorprendente forza di zia Pearl. Ero sicura che zia Pearl avesse aggiunto della forza ai suoi muscoli con la magia.

"Certo che posso. Chiunque può fidanzarsi con un'altra persona. È una semplice promessa per il futuro. Non è illegale". Desiree si voltò verso Tyler. "Vero, sceriffo?"

"Dobbiamo concentrarci su Richard. Devo parlare con entrambe, a cominciare da te, Valerie". Tyler le fece un cenno con il capo. "Se te la senti di guidare, puoi incontrarmi alla stazione di polizia tra dieci minuti?"

Valerie si asciugò le lacrime dalle guance e si alzò dalla sedia. "Certo, parto subito". Si voltò e attraversò lentamente la palestra, con un'andatura stanca e sconfitta.

Desiree si rivolse a Tyler: "Lo sai che è stata lei, vero? Il loro matrimonio è finito anni fa. Le sue sceneggiate sono solo una finzione. Ha assoldato un sicario per fare uccidere Richard, perché avevano recentemente aumentato la sua assicurazione sulla vita. Valerie ha sottoscritto una polizza sulla vita enorme a nome di Richard. Pensavo che Richard esagerasse quando mi diceva che qualcuno lo pedinava".

"Quando te l'ha detto?" chiese Tyler.

"Un paio di settimane fa. Quando le ha chiesto il divorzio".

"Pensavo fosse Valerie a volere il divorzio" dissi.

"No, avevo dato a Richard un ultimatum: o lei o me. Finalmente aveva detto a Val che era finita. Lei sapeva che, con il divorzio, avrebbero dovuto spartirsi tutto a metà. Adesso lei riceverà settecentomila dollari di assicurazione e si terrà tutto il ranch. Sono sicura che abbia pagato qualcuno per ucciderlo".

Tyler inarcò le sopracciglia. "Ne hai la prova?"

"Lo so da Les Crabtree" rispose Desiree. "Gli ha venduto la polizza un paio di settimane fa".

"Verificherò con Les". Tyler guardò l'orologio. "Puoi venire alla stazione di polizia alle cinque e mezza? Mi potrai raccontare tutto".

Desiree sorrise. "Non vedo l'ora".

CAPITOLO 17

"Avrò bisogno del tuo aiuto, Cen". Tyler sospirò. Eravamo seduti nel suo piccolo ufficio alla stazione di polizia, poco dopo avere informato Valerie e Desiree della morte di Richard. La stazione di polizia era situata al piano terra del municipio. Un lungo corridoio stretto separava la sala d'attesa dall'ufficio di Tyler, dalla stanza degli interrogatori e da una piccola cella.

"Pensavo che non me l'avresti mai chiesto". Valerie sarebbe arrivata da un momento all'altro. A quel punto, tutta l'attenzione di Tyler sarebbe stata rivolta a lei.

Tyler sorrise. "Vorrei delegarti dei compiti temporaneamente, ma dovrai rinunciare a pubblicare qualsiasi cosa che vedrai o sentirai".

Alzai le mani fingendo di protestare. "Imbavagliare la stampa?"

"Come ti ho detto, è solo temporaneo. Interrogherò Valerie e Desiree qui. Non le conosco personalmente, ma conosco bene Antonio. Non voglio essere accusato di favoritismi. Ecco perché ho chiesto alla polizia di Shady Creek di condurre un interrogatorio preliminare. Hanno già raccolto tutte le prove per la scientifica, quindi aveva senso che lo interrogassero per primi. Voglio la sua versione degli eventi prima che parli con qualcun altro. Questo mi dà anche il tempo necessario per interrogare Valerie e Desiree. Sono l'unico poliziotto di Westwick Corners, non posso fare tutto da solo. Ma non voglio nemmeno cedere l'intera indagine a Shady Creek".

Annuii. Tyler e Antonio si vedevano spesso e andavano ogni tanto a pescare insieme. "Di cosa hai bisogno?"

"Nell'immediato devo concentrarmi sulla scena del delitto. Riceverò a breve il rapporto della scientifica, ma prima che ciò avvenga, voglio tornare all'azienda vinicola e osservare meglio tutto.

Prima però devo interrogare le due donne di Richard. Non le conosco molto bene. Cosa puoi dirmi di loro?"

"Valerie è nata e cresciuta qui" dissi. "Era una campionessa di equitazione già da adolescente e prendeva parte a concorsi ippici, finanziata dai suoi ricchi genitori. Mollò tutto dieci anni fa e ora alleva cavalli da corsa, tra le altre cose. Ha provato varie volte a fare l'imprenditrice, ma senza successo. Il suo centro benessere è andato in bancarotta e un ranch per eventi aziendali non ha mai visto la luce. Molti amici, ma anche molti nemici. Talvolta approfitta della generosità della gente. Non perde mai la pazienza, ma si vendica delle persone che le hanno fatto un torto. Come Desiree, e magari anche come Richard".

"Fammi un esempio" disse Tyler.

"Prima della bancarotta, il centro benessere di Valerie aveva un accordo con un negozio di abbigliamento locale. Valerie vendeva i loro abiti e riceveva una commissione sulle vendite. Litigarono quando la proprietaria del negozio si lamentò in città che Valerie non pagava le fatture. Valerie si vendicò accusandola di evasione fiscale. La proprietaria del negozio fu assolta dalle accuse, tuttavia dovette spendere una fortuna in spese legali per provare la sua innocenza".

"Felicemente sposata?" chiese Tyler.

"Devi chiederlo a Valerie, ma direi di no. Saresti felice se il tuo coniuge avesse da cinque anni una relazione sotto gli occhi di tutti?"

"Da quanto era sposata con Richard?"

"Penso circa quindici anni. Iniziarono a frequentarsi poco dopo il trasferimento di Richard qui in città, e si sposarono circa un anno dopo. Non hanno figli, solo molti cani e cavalli".

"Va bene. Valerie dovrebbe arrivare da un momento all'altro. Voglio che osservi le sue reazioni e che prendi un sacco di appunti".

"Nessun problema". Come giornalista, ero abituata a osservare le reazioni, il linguaggio del corpo e le espressioni facciali della gente. Rivelavano molto di una persona, specialmente nelle situazioni più stressanti, quando abbassavano la guardia.

∽

Dieci minuti più tardi mi trovavo nella stanzetta adiacente la stanza degli interrogatori, dietro un vetro a specchio. Valerie Harcourt era seduta a un'estremità del piccolo tavolo rettangolare, mentre Tyler si trovava all'altra estremità. Valerie continuava a muoversi sulla sedia, chiaramente a disagio. Evitava di guardare Tyler negli occhi e toccava in continuazione la tracolla della borsa. Fissava il vuoto, quasi a voler ignorare la presenza di Tyler. Era sotto choc, oppure sotto l'effetto di farmaci, o entrambe le cose.

"Dimmi di Richard" disse Tyler. "Aveva accennato di voler visitare la Lombard Wines oggi?"

Valerie scosse la testa. "No, ma Richard mi aveva raccontato ciò che era successo venerdì, quando era andato da Antonio. Mi disse che Antonio era rimasto molto turbato dalla notizia che la banca avrebbe pignorato i suoi beni. E che Antonio ultimamente si comportava in modo strano e imprevedibile. Richard temeva per la sua incolumità e pensava che Antonio si sarebbe in qualche modo vendicato. Antonio aveva persino minacciato di uccidere Richard, se avesse fatto chiudere la Lombard Wines. Richard non pensava che l'avrebbe mai fatto davvero, tuttavia era preoccupato. Mi disse di tenere sempre le porte chiuse a chiave a casa, di assicurarmi che il cancello fosse sempre chiuso e, in generale, di stare all'erta".

"Quando te l'ha detto?"

"Venerdì sera dopo il lavoro, quando ci sedemmo a tavola per cena. Era appena tornato dalla Lombard Wines".

Tyler si strofinò il mento, riflettendo sulle sue prossime parole. "Valerie, potrebbe trattarsi di un semplice pettegolezzo, tuttavia te lo devo chiedere. Tu e Richard avevate problemi coniugali?"

Valerie emise una piccola risata, che risuonò vuota. "Immagino che tutti in città sapessero della storia tra Richard e Desiree, tranne me. Sono stata proprio stupida a non capirlo... gli indizi c'erano tutti. I viaggi di lavoro, le telefonate in piena notte..."

"È normale, Valerie".

Valerie estrasse un fazzolettino dalla scatola sul tavolo. "Pensavo che fossimo felicemente sposati. Ero proprio cieca! L'ho scoperto solo un mese fa, che tu ci creda o meno. E pensare che andava avanti da cinque anni!"

"A parte questo, com'era il vostro matrimonio?" chiese Tyler.

Valerie scrollò le spalle. "È davvero importante? Tutto ciò in cui credevo si è rivelato una bugia. Come ti sentiresti se tua moglie avesse una relazione da anni e tu non ne sapessi nulla?

Io ero furibonda e dissi a Richard che volevo immediatamente il divorzio".

"E lui come reagì?" chiese Tyler.

"Disse che gli dispiaceva e che non voleva perdermi. Mi disse che avrebbe rotto immediatamente con lei".

"E lo fece?"

Valerie scosse la testa. "Inizialmente no. Trovò un sacco di scuse... che aveva bisogno di più tempo per mettere fine alla storia con lei. Ma quando qualche giorno dopo incaricai un avvocato divorzista, mi pregò di rimanere. Disse che voleva salvare il nostro matrimonio e mi implorò di non procedere con il divorzio. Quindi... eravamo a questo punto. Stavamo cercando di andare avanti in qualche modo. Misi in sospeso la causa di divorzio e, qualche giorno fa, ci recammo alla prima sessione di terapia di coppia. Venerdì sera, Richard doveva dire a Desiree che era finita". Quando pronunciò il nome di Desiree, i suoi occhi si riempirono di rabbia.

Mentre Tyler prendeva appunti, io osservavo Valerie, che si era nel frattempo cambiata in abiti più comodi. Indossava una larga giacca felpata sulla camicia di lino, ormai sporca e stropicciata. Aveva sostituito i jeans e gli stivali firmati con dei pantaloni da tuta e delle scarpe da ginnastica.

Solitamente, una moglie affranta non si curava del proprio aspetto. Sceglieva la comodità anziché la moda. Una moglie assassina invece prestava attenzione ai dettagli. I suoi abiti erano un costume e lei recitava una parte. Quale ruolo stava interpretando Valerie?

Tyler posò la matita e fissò Valerie. "Perché sei andata alla sagra per cercare Richard? In molti affermano che tu fossi molto arrabbiata".

"Certo che ero arrabbiata!" Alzò la voce, in preda alla frustrazione. "Richard mi aveva promesso di lasciare Desiree e di non parlare mai più di lei. Invece avevo scoperto che quella mattina era passato a prenderla e che l'aveva accompagnata alla sagra. Tu non saresti stato arrabbiato?"

Tyler non rispose. Chiese invece: "Dov'eri questa mattina, Valerie?"

"Pensi che sia stata io? Sei fuori di testa, sceriffo Gates!"

"Rispondi alla domanda, per favore".

"Ero fuori a cavallo". Si mise a singhiozzare.

"Qualcuno ti ha visto?" Tyler si alzò e avvicinò la sua sedia a quella di Valerie. Si sedette e avvicinò ancora di più la sedia.

Ora vedevo solo la sua schiena. Mi concentrai ancora di più su Valerie.

Non rispondeva alla domanda e aveva uno sguardo impaurito.

Tyler ripeté la domanda. "Valerie, c'è qualche testimone che può confermare dov'eri? Hai parlato con qualcuno mentre eri fuori a cavallo?"

Valerie si morse il labbro e scosse la testa: "Sono uno dei sospetti?"

"Sto solo cercando di appurare tutti i fatti. Hai ucciso Richard?"

"Perché lo avrei dovuto uccidere? Ti ho appena detto che avrei chiesto il divorzio se Richard non mi avesse implorato di non farlo. Stavo già mettendo fine a tutto".

"I divorzi possono essere molto costosi... avresti dovuto dare a quel fedifrago di tuo marito metà di tutto. Ora che lui non c'è più, tutto diventa tuo. Problema risolto".

"No, sceriffo. Il mutuo della casa era stato estinto e avevamo molti investimenti finanziari. La nostra situazione economica era ottima. C'erano abbastanza soldi per consentire a entrambi di rifarsi una nuova vita. Richard guadagnava bene e io non avevo bisogno di nulla".

"Fatta eccezione per l'amore di tuo marito" disse Tyler.

"Molti crimini passionali iniziano dal tradimento. Ti capirei se..."

"Sai benissimo che l'ha ucciso Antonio" rispose Valerie. "Perché non stai parlando con lui anziché con me?"

Anziché rispondere alla sua domanda, Tyler disse: "Stiamo parlando con tutte le persone che avevano un qualche tipo di rapporto con Richard. Alcune persone vengono interrogate per confermare i fatti. Altre per definire la cronologia degli eventi. Escludiamo tutti coloro che hanno un alibi valido". Tyler fissò Valerie.

Lei si alzò. "Non puoi trattenermi qui se non sono in stato di arresto. Sceriffo, sono libera di andarmene o devo chiamare un avvocato?"

Tyler annuì. "Puoi andare. Ma non andare da nessuna parte senza prima informarmi".

Valerie uscì sbattendo la porta, senza dire una parola.

CAPITOLO 18

Sobbalzai, sentendo una voce al mio fianco. Ero stata da sola nella stanza adiacente, o almeno pensavo di esserlo stata.

"Che carognetta, vero? Un lauto pagamento dall'assicurazione, che è impaziente di afferrare con le sue avide manine".

"Zia Pearl! È già finita la sagra?"

Zia Pearl scosse la testa. "Ho chiesto una pausa di dieci minuti prima di iniziare a giudicare la prossima categoria. Dov'è lo sceriffo? Ho delle informazioni importanti da dargli sull'omicidio di Richard".

"Riguardano il furto, per mano tua, del vino di Antonio dalla scena del delitto?"

"Certo che no! Faresti meglio a non iniziare a lanciare accuse a destra e a manca se vuoi la mia collaborazione".

In quel momento, Tyler aprì la porta. "Collaborazione per cosa?"

"Ti piacerebbe saperlo, vero?" Zia Pearl era molto subdola e non svelava mai le sue strategie. Quando lo faceva, di sicuro stava mentendo. L'imbroglio faceva parte del suo dna.

"Si, mi piacerebbe" rispose Tyler. "Cosa sai?"

Zia Pearl sogghignò. "Ho delle informazioni a cui tu non crederesti".

Ero stanca di sopportare i giochetti psicologici di mia zia. "Zia Pearl dice di avere informazioni importanti sul caso".

Zia Pearl mi incenerì con lo sguardo. "Non rubarmi la scena, Cendrine!"

"Scusa". Alzai gli occhi al cielo per farle capire che non mi scusavo per niente.

"Eh?" Tyler incrociò le braccia e si appoggiò alla parete. Sembrava poco convinto delle parole di zia Pearl. "Dimmi quello che sai, Pearl".

"Sono stata l'ultima persona a vedere Richard vivo. A parte l'assassino, ovviamente".

Tyler aprì la porta e fece segno a zia Pearl di seguirlo. "Andiamo nella stanza degli interrogatori. È grande abbastanza per starci tutti seduti".

"Va bene" disse zia Pearl. "Ma dopo che ti avrò raccontato tutto, dovrò entrare nel programma di protezione dei testimoni. Posso scegliere io la mia nuova identità o mi verrà assegnata?"

"Non sono sicuro, ma mi informerò" rispose Tyler. "Intanto dimmi cosa sai".

Zia Pearl si accigliò. "Rallenta un attimo... Cosa ci guadagno, sceriffo?"

Tyler alzò le spalle. "Una coscienza pulita perché hai fatto la cosa giusta e hai aiutato la giustizia. È abbastanza?"

Zia Pearl aggrottò la fronte. "Tutto qui?"

"Temo di sì, Pearl".

Zia Pearl sospirò. "Me lo farò bastare... Ma voglio andare a "Un giorno in pretura", è il mio programma preferito".

Tyler guardò l'orologio. "Lo terrò a mente. Ora dimmi cosa sai".

"Come ben sai, ero *molto* impegnata a servire i clienti del Palazzo di Pearl, il mio bar lungo la strada. Hai visto quanti clienti, sceriffo? Anche se mi hai costretto a spostarmi in una posizione schifosa, ho fatto lo stesso il pienone. Le sedie erano tutte occupate e la gente si è seduta sull'erba pur di assaporare del buon vino. Comunque, avevo appena servito l'ultima bottiglia dello squisito meritage della Lombard Wines di Antonio, quando dal parcheggio spuntò Richard Harcourt, nella sua bella macchina sportiva. Era chiaro che fosse di fretta. Andava così veloce da schizzare ghiaia sul mio camper. Mi ha lasciato dei graffi, sceriffo!"

"Mi dispiace, Pearl. E Richard dove andava?" chiese Tyler.

"In direzione della Lombard Wines".

Alzai una mano per obiettare. "Ma la Corvette di Richard era nel parcheggio".

Zia Pearl fece spallucce. "So bene quello che ho visto".

"A che ora è successo?"

Zia Pearl fece ancora spallucce. "Non lo so con esattezza, ma penso fossero tra le otto e le nove di questa mattina. L'assaggio dei vini non era ancora iniziato e c'erano tantissimi amanti del vino che non vedevano l'ora che avesse inizio l'evento ufficiale. Ero troppo occupata a servire da bere per poter controllare che ora fosse, ma era presto.

Comunque, appena dopo, vidi Antonio. Il suo camioncino era parcheggiato accanto a Richard e li vidi parlare appena prima che Richard se ne andasse in tutta fretta. Provai ad attirare l'attenzione di Antonio per dirgli che il vino che avevo già venduto bastava per coprire le sue rate del mutuo in arretrato, ma mi ignorò. Schizzò fuori dal parcheggio subito dopo Richard. Che ingrato!"

"Ok, quindi Antonio non si era *dimenticato* il vino come ha affermato". Feci il segno delle virgolette con le dita. Mi sembrava una cosa strana da dimenticarsi... Tu hai preso il vino di Antonio e l'hai venduto a sua insaputa".

Zia Pearl alzò le braccia al cielo. "Cosa importa? L'importante era venderlo!"

"A me importa" dissi. "Antonio non lo sapeva e non ti ha mai dato il permesso di vendere il suo vino. Quando ha scoperto che le sue cassette erano vuote, è dovuto tornare a prendere dell'altro vino".

Zia Pearl sospirò. "Lascia stare. Mi aspettavo un po' più di gratitudine, dopo tutto quello che ho fatto per lui. Ho imbottigliato il suo vino, gli ho trovato una fidanzata, ho venduto l'equivalente di un anno di vino... tutto in meno di un giorno. Sono bravissima! E invece Antonio? Non mi ha nemmeno ringraziato!"

"Hai venduto l'equivalente di un anno di vino? Non ne abbiamo imbottigliato così tanto ieri". Non appena pronunciai quelle parole, compresi ciò che aveva fatto. "Hai creato altro vino per magia? Lo sai che è contro le regole della WICCA ricorrere alla magia per guadagnare soldi".

"Rilassati, Cen. La gara di Antonio è stata lecita. L'unico vino creato con la magia era quello che ho venduto al mio bar lungo la strada. L'ho creato esattamente uguale al suo, così tutti saranno contenti. Diciamo che ho automatizzato il processo. Non sto violando alcuna regola, perché darò a lui tutti i profitti".

Dubitavo che la WICCA avrebbe accettato il suo ragionamento, ma tenni la bocca chiusa.

Zia Pearl proseguì: "Torniamo alla mia storia. Come ho detto, Antonio se ne è andato appena dopo Richard. L'ha praticamente seguito fuori dal parcheggio".

"Andavano entrambi nella stessa direzione?" chiese Tyler.

"Sì. Mi stai ascoltando o no, sceriffo? Antonio stava *seguendo* Richard. Verso la Lombard Wines".

"Ulteriori prove incriminanti per Antonio" dissi. "Ma se dovevano incontrarsi, perché non l'hanno fatto alla sagra?"

"Forse volevano tenere segreto il loro incontro" disse zia Pearl. "Sembravano entrambi avere fretta. In ogni caso, non vedo come Antonio possa avere rinvenuto il corpo di Richard. Antonio stava seguendo Richard in macchina, gli stava praticamente appiccicato. Richard mi è sembrato molto vivo e Antonio è stato l'ultimo a vederlo".

Tyler annuì. "Antonio ha chiamato qualche minuto dopo per segnalare il corpo di Richard nella cantina. Le tempistiche quadrano. C'era tempo sufficiente per uccidere qualcuno. Appena sufficiente".

"Nessuno ha più visto Richard dopo" disse a stento zia Pearl. "Capite che sono la testimone chiave? E se l'assassino adesso venisse a cercarmi?"

Tyler scosse la testa. "Ti proteggerò, Pearl. Ma per favore non parlare a nessuno di questa faccenda. Non renderò pubblica la notizia fino alla fine della sagra. Sto parlando con te adesso solo per ascoltare la tua testimonianza. Posso fidarmi?"

"Certamente, sceriffo. Ma come è morto Richard?" chiese zia Pearl.

"Non sto ancora divulgando la causa della morte, Pearl".

"Nemmeno a me?" disse zia Pearl con una smorfia. "Scommetto che a Cendrine l'hai detto, non è vero?"

Tyler abbozzò un sorriso. "Mi dispiace, Pearl. Non sto dicendo niente a nessuno. Nemmeno a te".

Sentii il petto pesante, perché le prove contro Antonio si facevano sempre più numerose. Era difficile immaginare qualcosa di diverso. Aveva i mezzi, l'opportunità e il movente. Aveva scoperto il corpo, ed era quindi sulla scena del delitto. E l'intervallo di tempo così breve rendeva quasi impossibile che fosse stato qualcun altro. Solo Antonio aveva accesso alla cantina.

Richard stava per portargli via l'azienda agricola e stava per rovinargli la vita. Non volevo pensare che Antonio fosse un assassino, tuttavia la disperazione poteva spingere anche le persone più buone a commettere atti deplorevoli.

Avevo sempre creduto di conoscere bene Antonio. Ma stava diventando sempre più difficile allontanare i dubbi dalla mia mente.

CAPITOLO 19

"Pearl, ho bisogno del tuo aiuto". Posso contare su di te?" chiese Tyler.

Zia Pearl guardò Tyler con sospetto. "Contare su di me per cosa? È un trabocchetto?"

Tyler scosse la testa. "Nessun trabocchetto, ma tu sei una donna ricca di talenti e sei la sola che mi possa aiutare con questa missione importante".

"Davvero?" Zia Pearl sembrava pensosa. "Cosa ci guadagno se accetto?"

"Vedrai trionfare la giustizia" rispose Tyler.

"Sceriffo, come minimo voglio apparire a 'Un giorno in pretura' più a lungo di te. Dovrei essere la co-protagonista, insieme ad Antonio, se non la protagonista assoluta. Dopo tutto, sono quella che ha risolto il caso". Zia Pearl allungò le sue braccia scheletriche, dandomi quasi una sberla.

"Zia Pearl, fino a prova contraria, Antonio è innocente. Non è ancora stato accusato di alcun crimine. Tyler è l'investigatore capo e non è possibile che tu appaia in televisione più a lungo..." mi interruppi, rendendomi conto che stavo dicendo cose ridicole, proprio quanto lei. "Potresti sicuramente rilasciare dei commenti. Sono sicura che i responsabili del programma ti troveranno un posto nella storia".

Tyler annuì. "Se tu fossi di aiuto nella risoluzione del mistero, ovviamente vorrebbero intervistarti. La parola chiave è *aiuto*, Pearl. Pensi di poterlo fare? Non c'è una ricompensa in denaro, né in notorietà, ma aiuteresti a catturare un assassino. Se lo farai, ti nominerò vicesceriffo onorario".

"Ci devo pensare... Cosa dovrei fare?"

CAPITOLO 20

Tyler non mi disse cosa avesse chiesto di fare a zia Pearl e io non glielo chiesi. Preferivo non saperlo, sebbene sospettassi che la sua richiesta fosse più che altro uno stratagemma per impedirle di interferire con le indagini. Il che, di fatto, equivaleva ad aiutare.

Estrassi il portatile dalla borsa e ripresi le mie ricerche sulla SecureTech. Il sito della società non conteneva molte informazioni, forse per non aiutare i criminali. C'erano però molte informazioni online sulle varie tecnologie di sicurezza, nei forum degli utenti. Le serrature sembravano essere molto diffuse. Trovai molte informazioni sul riconoscimento biometrico delle impronte. Da quello che potevo capire, Antonio aveva ragione. La serratura era davvero a prova di manomissione. Proprio come Antonio, alcune persone avevano impostato un singolo utente, senza un piano di riserva. Quei casi erano tutti finiti nello stesso modo. Era stato necessario rimuovere il meccanismo di chiusura dalla porta, rovinando sia la serratura che la porta. La serratura era a prova di ladro, ma non a prova d'idiota.

La combinazione numerica era un'altra storia. Come qualsiasi serratura, poteva essere manomessa. Non che importasse con la scansione delle impronte, a prova di manomissione. Lasciai un messaggio al numero indicato sul sito, chiedendo che qualcuno mi chiamasse subito lunedì mattina. Non avevo nulla da perdere, pur sapendo che non avremmo potuto aspettare così a lungo. Nelle ore successive, avrei dovuto scoprire tutto il possibile sulla SecureTech, a qualunque costo.

Mi alzai e versai due tazze di caffè dalla macchinetta antiquata, situata dietro alla scrivania. Nel frigorifero trovai una confezione di latte quasi vuota e ne versai un po' nella mia tazza. Portai le due tazze nell'ufficio di Tyler e gli porsi il caffè nero.

Tyler prese la tazza, ringraziandomi. "Cosa sai di Desiree?"

Più di quanto volessi sapere, e più di quanto volessi condividere con Tyler. La gente era attratta dal carisma e dalla personalità magnetica di Desiree. Elargiva complimenti e amicizia con generosità, e faceva sentire tutti speciali. A patto che facessero ciò che voleva lei, ovviamente. In caso contrario, la sua amicizia diventava un tradimento, e i suoi complimenti diventavano accuse. Desiree selezionava con cura le amicizie, scegliendo persone di specifici ambienti sociali, che vivevano in quartieri eleganti e avevano gli stessi suoi gusti costosi. Gli abitanti della cittadina si dividevano tra chi la adorava e chi la odiava con tutto il cuore. I suoi pettegolezzi e le sue bugie facevano litigare persone amiche, trasformandole talvolta in acerrimi nemici. Almeno un uomo, Richard, si era trasformato in un marito fedifrago. Dovevo tuttavia attenermi ai fatti, ignorando i miei sentimenti.

Feci un respiro profondo. "Desiree si è trasferita qui da Seattle circa cinque anni fa. Sosteneva di avere guadagnato una fortuna con la compravendita immobiliare. È sicuramente ricca".

"Te l'ha detto lei?" chiese Tyler.

Scossi la testa. "Non me l'ha detto personalmente, ma è quello che si dice in città. Spende anche tantissimo. Ha comprato la Verdant Valley Vineyards in contanti e ci ha investito molti soldi. Dice che la viticultura è solo un passatempo, ma gira voce che importi uva costosa per essere meglio delle aziende vinicole locali. Sostiene che il suo vino nasca qui, ma le sue vendite sono dieci volte superiori alle quantità che potrebbe realisticamente produrre. È ovvio che acquisti dell'uva in più, rispetto a quella che coltiva. Ovviamente, lei nega tutto ciò".

Tyler si strofinò il mento. "Quindi le accuse di Antonio sono vere..."

Annuii. "Desiree e Richard iniziarono la loro relazione poco dopo l'arrivo di Desiree. Desiree se ne vantava apertamente, dicendo che Richard le aveva dato 'più che un prestito'. Le voci iniziarono a circolare velocemente. Capisco perché Valerie volesse il divorzio. Deve avere trovato la situazione molto umiliante".

"Il vino di Desiree è buono?" chiese Tyler.

Scrollai le spalle. "Non è male. Ma non è così speciale da vincere ogni anno il primo premio. Non è superiore agli altri vini locali. Ma non penso che abbia un motivo per uccidere Richard. Per lei è più utile da vivo che da morto. Essere la sua amante significava che ogni anno lui le faceva vincere il premio di Vino dell'anno. Sembravano felici insieme".

"Forse voleva di più da lui che il primo posto a una sagra del vino" disse Tyler. "Sicuramente voleva che lui lasciasse Valerie. Cinque anni sono tanti. Forse il loro rapporto si era incrinato quando Richard aveva promesso di lasciare Valerie ma poi non l'ha mai fatto".

"È vero, ma Desiree stava finalmente per avere Richard tutto per sé, se Valerie avesse proceduto con il divorzio". Io e

Tyler stavamo insieme da quasi un anno. "Qual è il tempo giusto per uscire con qualcuno?"

Tyler arrossì. "Non lo so esattamente, ma arriva sempre il momento in cui capisci se stai con la persona giusta o no".

"Io sono la persona giusta?" Le parole mi uscirono di bocca prima di rendermi conto di ciò che avevo detto. Avrei voluto rimangiarmele. E se lui non provava ciò che provavo io?

"Assolutamente sì". Si avvicinò per baciarmi. "Cen... l'ho capito nel momento in cui ti ho conosciuta. Tuttavia, dubito che Richard fosse la cosa migliore che sia mai capitata a Desiree. Mi sembra un'opportunista. Non era in questa relazione solo per amore. Né per vincere la sagra del vino. Lui è il direttore della banca, quindi potrebbe esserci dietro dell'altro".

"Ma lei è già ricca" feci notare. "Cinque anni sono tanti per aspettare che Richard lasciasse Valerie. Magari ha dato a Richard un ultimatum e lui l'ha ignorato".

"Oppure..." Tyler si interruppe, alla ricerca delle parole giuste. "Forse Desiree non diceva sul serio quando parlava di divorzio. Quando Valerie avesse avviato la procedura di divorzio, Desiree l'avrebbe avuto per sé tutto il tempo. Se lo stava solo sfruttando e non lo amava veramente, sarebbe stato un problema per lei".

Scossi la testa. "Se Desiree non avesse voluto più Richard, avrebbe potuto semplicemente mettere fine alla relazione e andarsene. Non aveva alcun motivo per ucciderlo".

Tyler annuì. "Ha anche un alibi di ferro. Decine di persone l'hanno vista alla sagra in momenti diversi durante la mattinata".

"Avrebbe potuto chiedere a qualcuno di ucciderlo" dissi. "Ma non ne aveva bisogno".

Tyler guardò l'orologio. "È anche mezz'ora in ritardo per il suo appuntamento".

In quel preciso istante, la porta del commissariato sbatté e si udì una voce femminile dalla sala di attesa. "Ehilà! Sceriffo Gates? C'è nessuno?"

Era Desiree LeBlanc. Sperava forse di fare un ingresso trionfale, senza alcun successo.

Ero segretamente felice che non ci fosse nessuno ad accoglierla. Rimasi nella stanza segreta adiacente, mentre Tyler andò a prenderla nella sala d'aspetto.

Si salutarono, quindi Tyler la condusse nella stanza degli interrogatori e la invitò a sedersi.

"Ho fatto il più in fretta possibile". Desiree sorrise a Tyler. Con il labbro inferiore tremante, disse sommessamente: "Non posso ancora crederci...il mio Richard se ne è andato. Così, in un attimo".

Osservai Desiree attraverso lo specchio. Indossava degli stivali di camoscio bordeaux, dei collant dello stesso colore, un maglione lungo griffato e una collana d'oro e ametista dall'aspetto molto costoso. Si era anche cosparsa di profumo. Mi faceva prudere il naso, sebbene mi trovassi nella stanza accanto!

Desiree aveva trovato il tempo per cambiarsi, prendere un caffè da asporto e persino rifarsi l'acconciatura. I suoi lunghi capelli biondi erano ora raccolti, con due ciocche che le incorniciavano il volto e mettevano in risalto i suoi occhi azzurri. "Quest'anno la sagra è stata un disastro. Senza Richard alla giuria non c'era..." si interruppe a metà della frase, abbassò la testa e si mise a singhiozzare.

Certo che sapeva come manipolare la gente! Tyler ci stava forse cascando? Non riuscivo a capire.

Dopo un minuto, Desiree sollevò la testa. Si appoggiò allo schienale della sedia ed emise un profondo sospiro. "Sarà molto dura. Richard mi manca già tantissimo".

Tyler si sedette davanti a lei. "Desiree, mi dispiace per la tua perdita. Hai qualche idea su chi potesse voler uccidere Richard?"

"Naturalmente so chi è stato, sceriffo. Antonio è stato colto in flagrante sulla scena del delitto. Ha ucciso il mio amore!" Desiree singhiozzò disperatamente.

Tyler spinse verso di lei la scatola di fazzoletti che c'era sul tavolo. "Non abbiamo raggiunto ancora alcuna conclusione, Desiree. L'indagine è in corso. Ciò che sappiamo per certo è che Antonio è tornato alla sua azienda vinicola e ha trovato Richard in cantina. O almeno questa è la sua versione dei fatti".

Desiree rimase a bocca aperta. "Non lo incriminate?"

"Come ho detto, l'indagine è in corso e prenderemo in esame ogni singola possibilità".

"Questo colloquio viene registrato?" Desiree strinse gli occhi e si guardò intorno, posando lo sguardo sul vetro a specchio.

Tyler annuì. "Registriamo tutti gli interrogatori".

"Capisco". L'enorme anello di diamanti di Desiree brillò, mentre lei si sistemava una ciocca di capelli dietro all'orecchio.

Non solo la stavano registrando, la stavano anche guardando.

Io, per l'esattezza.

Abbassò lo sguardo sul tavolo e appoggiò le mani sulle gambe. Un attimo dopo alzò la testa e fissò il vetro con uno sguardo penetrante. Toccò il pendente di ametista con le dita perfettamente curate, dita che non avevano mai fatto nemmeno un minuto di lavori manuali.

Arrossii, nervosa. Sapevo che non poteva vedermi. Persino se sospettava che ci fosse qualcuno dietro al vetro, non poteva sapere che fossi io. Nonostante ciò, non mi piaceva ingannare la gente, persino qualcuno che non apprezzavo. Parte di me voleva correre nella stanza degli interrogatori e confessare.

Ricordai a me stessa che Tyler mi aveva solo chiesto di

osservare. Chiunque, in una stanza degli interrogatori della polizia, avrebbe saputo di essere osservato attraverso il vetro, una telecamera o entrambi. Era la normale prassi, mostrata da qualsiasi programma poliziesco.

Fu subito chiaro che Desiree non ci avesse pensato... Perché iniziò a flirtare con Tyler. Allungò un braccio lungo il tavolo e posò la sua mano su quella di Tyler. "Sceriffo, sei un uomo. Sai bene come si sentano gli uomini quando viene minacciata la loro mascolinità".

Tyler non disse nulla.

Desiree sollevò le sopracciglia, con la mano ancora posata su quella di Tyler. "Gli uomini talvolta perdono la ragione. Richard aveva un caratteraccio. Immagino che ce l'abbia anche Antonio. Nella foga del momento, le cose possono... surriscaldarsi".

Il volto di Tyler non mostrava alcuna espressione.

La mano di Desiree rimaneva sulla sua.

Rimasi dietro al vetro, ma a fatica. Ero in piedi, in preda alla rabbia. Camminavo avanti e indietro, furibonda. Non potevo fare altro... ma l'istinto sarebbe stato quello di irrompere nella stanza e staccare la sua mano da quella di Tyler.

Tyler estrasse lentamente la mano da quella di Desiree e prese una penna. Scrisse qualcosa sul blocco che aveva davanti a sé.

Desiree sospirò. Si sporse in avanti. "Sto per rivelarti un segreto, sceriffo".

Tyler si sporse in avanti. Posò i gomiti sul tavolo. "Cosa?"

Desiree appoggiò nuovamente la mano su quella di Tyler, afferrandogli il polso con le sue dita dalla perfetta manicure. "Antonio venne a parlarmi un paio di settimane fa. Mi pregò di aiutarlo per convincere Richard a rimandare il pignoramento dei beni. Gli dissi che non potevo in alcun modo fare cambiare idea a Richard e che Richard non aveva alcuna alternativa:

doveva applicare le regole della banca, se qualcuno non ripagava i prestiti. Prendeva seriamente il suo lavoro. Dissi ad Antonio che era inutile e che avrebbe fatto meglio a dedicare il suo tempo a trovare un modo per saldare i pagamenti in arretrato. Si rifiutò di ascoltarmi. Mi pregò invece di parlare a Richard.

Alla fine parlai a Richard, gli chiesi se ci fossero dei cavilli per dare più tempo ad Antonio. Disse che avrebbe controllato, ma che l'avrebbe fatto per me. E se Richard avesse incontrato Antonio solo perché io glielo avevo chiesto? Potrei essere in qualche modo responsabile delle azioni di Antonio?" Abbassò la testa e si mise a piangere.

Con la mano libera, Tyler riavvicinò la scatola di fazzoletti a Desiree. Non estrasse l'altra mano, tuttavia la sua mascella era stretta.

Perché Tyler non ritraeva la mano da quella di Desiree? Era una tattica dell'interrogatorio? Far sentire Desiree a proprio agio... o c'era dell'altro? A zia Pearl non piaceva che uscissi con lo sceriffo della cittadina e, con l'intensificarsi della nostra relazione, la sua disapprovazione si era fatta sempre più evidente. Aveva per caso lanciato un incantesimo su Tyler e Desiree affinché ci lasciassimo?

No, sebbene desiderasse che ci lasciassimo, mi voleva bene e non avrebbe fatto nulla per spezzarmi il cuore. Dovevo crederci. Ma non mi sarei stupita se avesse lanciato un piccolo incantesimo su Tyler. C'era solo un modo per scoprirlo.

Fissai Tyler e sussurrai:

Mostrami un fiume
  Cantami un canto
  Quali incantesimi
  L'hanno stregato?

. . .

I PENSIERI magici
   Nella sua testa
   Ora svaniscono
   E lui pensa a me

ME LI PRENDO io
   Correggo l'errore
   Riaggiusto i destini
   Subito e...

MI FERMAI APPENA IN TEMPO. Stavo per lanciare un incantesimo al mio ragazzo! È vero, era un incantesimo per annullarne un altro, se ci fosse stato. Ma stavo interferendo nella vita di qualcuno. Quella di Tyler, per di più! Cosa diavolo mi era passato per la testa?

Tyler era al corrente dei miei poteri soprannaturali. E si fidava di me ciecamente. Sarebbe stato contento se gli avessi lanciato un incantesimo, anche se per proteggerlo?

Probabilmente no. Tyler era un uomo adulto, perfettamente in grado di prendersi cura di sé stesso. E la maggior parte del tempo si occupava dei guai che combinava zia Pearl senza lamentarsi, nonostante lei fosse un personaggio impossibile.

Stavo agendo più per i miei interessi che per quelli di Tyler.

Non sapevo se zia Pearl avesse lanciato un incantesimo su Tyler, ma era sbagliato che io facessi la stessa cosa. Le mie guance arrossirono per la vergogna. Sapevo, nel profondo del mio cuore, che Tyler mi amava. Persino se ciò fosse cambiato domani, non potevo costringerlo ad amarmi per sempre attraverso la magia. Nessuna magia poteva forzare l'amore. E nessuna magia poteva eliminare il vero amore. Gli incantesimi fatti per i motivi sbagliati funzionavano spesso nell'immediato, ma alla lunga erodevano la fiducia.

Io ero molto meglio di qualsiasi trucchetto.

Ora ero una strega esperta. E ciò comportava uno svantaggio. Era troppo facile prendere in mano la situazione e lanciare incantesimi per far sì che il mondo andasse come volevo io. Proprio come i miliardari potevano comprare tutto ciò che volevano, io avevo la magia a mia disposizione. Ero una strega e potevo trasformare i miei sogni in realtà attraverso la magia. Tuttavia, la capacità di fare qualcosa, non la rendeva necessariamente la cosa giusta da fare.

Compresi finalmente perché zia Pearl spesso lanciasse incantesimi quando le cose non andavano come voleva lei. La tentazione di lanciarsi nella magia quando le cose non andavano come desiderato era forte. Zia Pearl era una strega di talento, tuttavia con dei difetti di carattere: era impaziente, vendicativa e abituata ad averla sempre vinta. Era un mio modello per ciò che riguardava la magia, ma non volevo usare i miei poteri in modo frivolo o vendicativo.

Sì, io ero proprio meglio.

Feci un respiro profondo e sussurrai velocemente un incantesimo di inversione che annullasse il mio maldestro incantesimo di pochi minuti prima. Quindi mi concentrai nuovamente su Tyler e Desiree.

Non avrei perso la calma per colpa di quella sfacciata manipolatrice.

Feci un respiro.

Tyler stava solo facendo il suo lavoro. Parte del suo lavoro richiedeva che usasse un po' di psicologia con Desiree. Voleva che lei si sentisse a proprio agio, abbastanza da abbassare la guardia. Un buon intervistatore instaura un rapporto basato sulla fiducia. Se Tyler avesse estratto la sua mano, Desiree avrebbe nuovamente alzato la guardia.

Non ero contenta che Desiree si stesse prendendo troppa confidenza con il mio ragazzo.

Volevo ancora irrompere nella stanza e strapparle via la mano da quella di Tyler.

Volevo ancora lanciarle una maledizione.

Nonostante ciò, non avrei cambiato nulla. Tyler doveva interrogare Desiree, e io ero presente solo per osservare, non per interferire.

Tyler sapeva che ero dietro al vetro e che stavo vedendo tutto, probabilmente sperava che non facessi irruzione nella stanza e rovinassi tutto.

Cosa che avrei fatto, incantesimo o meno, se Desiree non avesse tolto la sua mano *immediatamente.*

Per fortuna, proprio in quel momento, Tyler spostò la mano con la scusa di riprendere la penna per scrivere sul blocco.

Lasciai andare un sospiro di sollievo, un po' imbarazzata dalla mia gelosia.

Ero furibonda, perché non appena Desiree era rimasta da sola con Tyler, aveva iniziato a flirtare con lui. Avevo perso tutto il rispetto nei suoi confronti. Tutti sapevano che Desiree manipolava le persone, usando il suo fascino per ottenere ciò che voleva. Ma la situazione era diversa quando il suo obiettivo era il mio ragazzo. Per non parlare del fatto che era qui perché il suo uomo era appena stato ucciso. Non mi sarei mai comportata come lei se fosse successo qualcosa a Tyler.

Tornai alla realtà. Il mio compito era quello di osservare l'interrogatorio, non di perdermi dietro ai miei pensieri.

Tyler stava parlando. "Quando è stata l'ultima volta che hai visto Richard?"

"Non so... mi ha portato in macchina alla sagra questa

mattina presto" rispose Desiree. "Siamo entrati insieme. Io avevo fretta di vedere se la mia bancarella era nello stesso posto dell'anno scorso. Sai quello che si dice nel mondo degli immobili: la posizione è tutto". Fece una risatina nervosa. "Per fortuna tutto era come volevo. Richard tornò alla macchina un paio di volte per prendere il mio vino. Quest'anno ho dovuto portare delle cassette in più, perché il mio vino è così famoso".

"A che ora è successo?" chiese Tyler.

"Intorno alle nove".

"Questa è stata l'ultima volta che l'hai visto? Intorno alle nove?"

"Non ho controllato l'orologio, ma era intorno a quell'ora. Richard non mi ha mai detto di dover andare da qualche parte, se è questo che vuoi sapere".

"Non ti ha detto dell'incontro con Antonio?"

Desiree scosse la testa. "No. Dubito che avesse in programma di incontrarlo, perché non avrebbe organizzato qualcosa del genere lo stesso giorno della sagra. Magari ha provato pena per Antonio. Richard aveva davvero un debole per le persone sfortunate".

"L'hai visto parlare con Antonio?"

Desiree annuì. "Antonio prese Richard da parte non appena entrammo nella palestra. Io mi voltai per parlare con qualcuno e, quando mi rigirai, erano scomparsi entrambi".

"Li hai visti andare via insieme?"

"No, solo che non erano più lì insieme. Immaginai che Richard fosse andato a fare altre cose in preparazione per la giornata. Il giorno della sagra del vino è uno dei suoi giorni più impegnativi. Oltre a quello, avevamo in programma una serata speciale. Penso che volesse chiedermi di..." Desiree iniziò a singhiozzare. "Mi avrebbe chiesto di sposarlo".

"Ne avevate parlato?" Tyler non accennò al fatto che Richard fosse già sposato con un'altra.

Desiree estrasse un fazzoletto dalla scatola e si picchiettò gli occhi. "Sì, in termini generici. Disse che aveva una sorpresa per me stasera. Valerie gli aveva detto che voleva divorziare. Finalmente. Era felice, sollevato. Anche se il divorzio le dava metà di tutto. Richard disse che finalmente potevamo essere insieme. Ma immagino che non fosse destino". Desiree si mise la testa tra le mani e scoppiò a piangere.

CAPITOLO 21

Qualche minuto dopo che Desiree se n'era andata, la porta d'ingresso del commissariato si spalancò. Zia Pearl corse dentro, senza fiato. Sbatté la porta alle sue spalle e vi si appoggiò. "Far rispettare la legge è faticosissimo. Ho promesso a Tyler che avrei chiuso la sagra allo scadere della licenza per le bevande alcoliche".

"Era quella la tua missione segreta?" chiesi, domandandomi come avesse fatto ad allontanare tutti da sola senza che i giudici avessero emesso i loro verdetti.

"Ovviamente no, Cen. Quella era la cosa più facile delle due che mi ha chiesto di fare. Mi sono occupata di tutto". Si sedette dall'altra parte del tavolo e mi fissò. I suoi occhi brillavano dall'eccitazione. "Sono troppo brava".

"Come è andata con la tua missione super segreta?" Morivo dalla voglia di sapere cosa le avesse chiesto di fare Tyler, e speravo di ingannarla, facendoglielo rivelare.

"Mi dispiace, Cen. Sono informazioni riservate. Ho giurato di mantenere il segreto". Fece il gesto di una cerniera lungo le sue labbra.

"Puoi star sicura che qualsiasi cosa Tyler dica a te, la dica anche a me".

Zia Pearl sbuffò. "Cen, sono sicura che non te l'abbia detto. Tu rovineresti tutto".

Gettai lo sguardo verso l'ufficio per accertarmi che Tyler non fosse nei paraggi e dissi: "So cosa hai fatto, zia Pearl. Hai rubato a mamma la chiave del cancello della Lombard Wines".

"Non è vero, Cendrine! Non sono una ladra!"

"Hai preso il vino di Antonio, però. Non puoi negare che lo stavi vendendo alla luce del sole, nel tuo bar lungo la strada".

Fece spallucce. "Quello non è rubare. L'ho solo utilizzato in un altro modo. Era per una buona causa".

"Prendere il vino dal camioncino di Antonio senza il suo permesso fa di te una ladra, indipendentemente dalla bontà delle tue intenzioni". Ero arrabbiata e curiosa allo stesso tempo. "Come hai fatto a oltrepassare il cancello della Lombard Wines se non avevi la chiave?"

"Non è ovvio, Cen?"

"Hai detto a Tyler cosa hai fatto?"

"Ovviamente no, e tu non osare dirgli qualcosa. Le streghe non fanno la spia, Cendrine".

CAPITOLO 22

Tyler era nel suo ufficio, al telefono con gli investigatori di Shady Creek. Da quello che potevo sentire, gli investigatori avevano recuperato i video delle telecamere di alcune aziende situate lungo il tragitto dalla sagra alla Lombard Wines. C'era più traffico del solito a causa della sagra, ma per la maggior parte era diretto proprio lì, quindi nella direzione opposta rispetto alla Lombard Wines.

La polizia di Shady Creek aveva finito di interrogare Antonio e l'aveva, almeno per il momento, lasciato andare senza alcuna accusa. Trina era già partita per andare a prenderlo.

Ero seduta nella sala d'attesa del commissariato e il mio caffè era diventato freddo. Avevo fatto tutte le ricerche possibili online sulla serratura della SecureTech, e tutto sembrava indicare che fosse impossibile manometterla. I manuali però non prevedevano il ricorso alla magia. Zia Pearl aveva già ammesso di avere superato il cancello della Lombard Wines. Era possibile che lei, oppure un'altra strega, avesse usato un incantesimo per oltrepassare la scansione delle impronte digitali?

Dovevo comprendere fino in fondo i punti di forza e i punti deboli della serratura della SecureTech, ma non potevo farlo senza una serratura vera e propria. Non potevo di certo toccare la serratura di Antonio e distruggere dei potenziali indizi. Inoltre, non avevo un manuale d'istruzioni e non vedevo all'orizzonte altri sospetti credibili. Mancava un pezzo importante del puzzle e il tempo a nostra disposizione si stava esaurendo.

Potevo comprare un'altra serratura, ma ciò avrebbe richiesto tempo e denaro che non avevo. Se questo non era un motivo sufficiente per ricorrere alla magia, non sapevo cosa potesse esserlo.

Se non potevo acquistare una serratura, avrei dovuto crearne una per magia.

Stavo tecnicamente violando le regole della WICCA, perché stavo per ottenere un oggetto di valore gratuitamente. Odiavo non rispettare le regole!

Ma capivo anche perché zia Pearl le ignorasse sempre. Erano troppo rigorose, poco flessibili, e non sempre avevano senso. In quel momento non avevo alternative.

Chiusi gli occhi e visualizzai la serratura nella mia mente, mentre sussurravo l'incantesimo:

Un, due, tre
SecureTech vieni da me...

Puf!

Davanti ai miei occhi comparve una scatola con la scritta

SecureTech. Un secondo dopo, la scatola cadde sul tavolo con un tonfo rumoroso.

"Cen, tutto bene?" chiese Tyler. "Cos'era quel rumore?"

"Niente... Ho fatto cadere un libro". Avvicinai la scatola verso di me e aspettai fino a che non fui certa che Tyler non stesse venendo a curiosare. Quindi aprii la scatola ed estrassi le istruzioni. Volevo impostare la serratura con le mie impronte e poi provare vari modi per oltrepassare il lettore biometrico. O almeno questo era il mio piano. Siccome non sono un fabbro, né sono portata per la meccanica, andavo per tentativi, sperando che la magia svelasse il mistero.

Prima però dovevo leggere le istruzioni da cima a fondo. Non potevo permettermi di commettere errori.

La combinazione numerica era facile da impostare. L'impostazione di fabbrica era 1-2-3-4-5. Per cambiarla, dovevo inserire la speciale chiavetta fornita con la serratura, quindi immettere il codice desiderato. Digitai il nuovo codice 77711 e bloccai la serratura. Estrassi quindi la chiavetta e digitai il codice. La serratura si aprì.

Funzionava.

Mi preparai per la fase successiva, ovvero la scansione della mia impronta digitale. Mentre stavo per iniziare, ebbi un'illuminazione. Era così ovvio a posteriori, tuttavia nessuno di noi ci aveva pensato.

In quel preciso momento, avevo tra le mani una serratura biometrica senza alcuna impostazione biometrica. E se la serratura di Antonio non fosse mai stata impostata correttamente? Antonio aveva detto che la luce verde non funzionava. Questa possibilità apriva il campo a nuovi sospetti. Tutto ciò che l'assassino doveva fare era superare la combinazione numerica, non la scansione delle impronte digitali.

Mentre leggevo le istruzioni, le mie mani tremavano. "Tyler, vieni qui! Dobbiamo tornare alla cantina".

CAPITOLO 23

Spiegai tutto a Tyler mentre correvamo alla Lombard Wines. Ad Antonio era stato proibito di tornare all'azienda vinicola fino a che Tyler non gli avesse detto che poteva farlo, quindi Trina si era offerta di ospitarlo. Antonio sembrò felice di ubbidire, ancora sotto gli effetti dell'incantesimo di zia Pearl.

"Antonio ti ha dato la combinazione numerica?" chiesi.

Tyler annuì. "Immagino che possiamo fare una prova tenendo la porta aperta. Preferirei che fosse il tecnico a condurre l'esperimento, ma davvero non ci sono rischi. Se facciamo qualcosa di sbagliato, il tecnico può sistemarlo più tardi. Riprenderemo comunque tutto con la videocamera".

"Se riuscissimo a scoprire chi è stato..." stavo già pensando al futuro. Avremmo trovato nuovi sospetti, Antonio non avrebbe chiuso e tutto sarebbe stato nuovamente perfetto. A patto che il mio esperimento funzionasse, ovviamente...

"Non illuderti troppo, Cen. Neanch'io voglio pensare che sia stato lui, ma la tua ipotesi è molto azzardata".

Un'ipotesi azzardata che doveva essere comprovata entro

ventiquattr'ore. Altrimenti Tyler si sarebbe trovato in una posizione difficile.

In quanto sceriffo, Tyler avrebbe deciso se e quando la Lombard Wines potesse essere restituita ai suoi legittimi proprietari. Ovvero, chiunque fosse risultato il proprietario lunedì mattina, al pignoramento ufficiale dell'azienda vinicola. Antonio rimaneva legalmente l'inquilino, indipendentemente dal pignoramento. Gli sfratti richiedevano molto tempo per diventare esecutivi.

Arrivammo al cancello della Lombard Wines e Tyler saltò fuori dalla Jeep per aprirlo. Sapevo benissimo che eravamo alla ricerca di risposte a domande che non avevano senso. Ero grata a Tyler per avere ascoltato i miei suggerimenti. Quello che era sembrato inizialmente un caso facile da risolvere, stava iniziando ad apparire come una congiura a spese di Antonio. Le prove contro di lui erano semplicemente troppo perfette.

Tyler parcheggiò la Jeep e si voltò verso di me. "Spero che troveremo qualcosa, Cen. Ho un sacco di pressioni per arrestare Antonio. Il caso è nella mia giurisdizione, non quella di Shady Creek, ma loro pensano che Antonio sia l'unico ad aver potuto commettere l'omicidio. Se faccio un errore, perderò sicuramente il lavoro".

Mentre seguivo Tyler nel parcheggio, provavo la stessa sensazione fastidiosa. Tyler aprì la porta d'ingresso ed entrammo. Nonostante il sole del tardo pomeriggio che filtrava dalle finestre, c'era un'atmosfera inquietante. Chiusi la porta alle mie spalle.

Dentro faceva fresco, ma non così freddo come ieri, quando imbottigliavamo il vino. Era successo solo ieri? Sembrava un secolo fa.

"Anche se Antonio fosse l'assassino, non l'avrebbe mai fatto nell'azienda della sua famiglia" dissi. "Venera questo posto".

"Lo pensiamo perché lo conosciamo, Cen. Ma il nostro

giudizio si basa sulle emozioni, non sui fatti. I giurati vedranno in Antonio un uomo disperato, con una valanga di prove contro di lui. Raggiungeranno unanimi un verdetto di colpevolezza, perché in questo momento non c'è alcun dubbio ragionevole che non sia stato lui".

"Fatta eccezione per il fatto che Antonio sembra avere rinunciato alla vita in generale" dissi. "Non ha né la volontà, né l'energia per uccidere qualcuno".

"I giurati non lo sanno, però". Tyler sospirò e si diresse verso le scale che conducevano alla cantina. La porta della cantina era ancora tenuta aperta da una botte di vino. Sarebbe rimasta così fino a che la SecureTech non l'avesse riprogrammata, dato che solo Antonio poteva aprire la serratura.

Sussultai, ricordandomi del viaggio segreto di zia Pearl alla cantina. Era forse una bugia, detta solo per irritarmi? Decisi di non parlare ancora della visita di zia Pearl, perché avrei solo offuscato la nostra capacità di giudizio. Se avevo ragione, il mio esperimento avrebbe identificato nuovi sospetti e ci avrei pensato allora.

Rabbrividii mentre scendevamo le scale verso la cantina. L'aria era più fresca e umida di quanto ricordassi.

"Non dovrebbe esserci qualcuno a fare la guardia?" chiesi.

"La scena del delitto ora è accessibile" disse Tyler. "La scientifica ha raccolto tutte le prove. Sono state rilevate le impronte dalla serratura e da tutto il resto".

"Ma non riapri mai i luoghi del delitto così velocemente. Significa forse che sei sicuro di..."

"Non sono più sicuro di nulla". Tyler sospirò. "Sono sicuro che abbiamo tutte le prove possibili, e qualsiasi ritardo complicherebbe il pignoramento da parte della banca e tutto il resto".

"Hai il codice di Antonio, vero?"

Tyler annuì e mi porse il telefono. "Inizia a filmare".

Sollevai il telefono e iniziai a riprendere la scena, mentre

Tyler estraeva un pezzetto di carta dalla tasca e lo mostrava alla telecamera.

Sussultai. "Stai scherzando? 1-2-3-4-5 è l'impostazione di fabbrica. Antonio non ha nemmeno mai impostato una nuova combinazione numerica!"

Tyler si accigliò. "Poteva comunque immettere la sua impronta digitale?"

"No! Non avrebbe potuto farlo senza avere prima impostato un nuovo codice numerico, diverso da quello di fabbrica. L'ha resettato, oppure non l'ha mai impostato. Non capisco, sono sicura che abbia detto di averlo fatto. E l'ho visto digitare il codice e appoggiare il dito indice. L'ha visto anche zia Pearl".

"Come si fa a resettare la serratura?"

"Serve una chiavetta speciale, fornita con la serratura" risposi. "O almeno serve per cambiare la combinazione numerica. Per quanto riguarda il lettore di impronte, Antonio ha detto che la luce verde non si accendeva. O in questo lucchetto non è mai stata immessa la sua impronta... oppure qualcuno l'ha resettato alle impostazioni di fabbrica".

"Proviamo". Tyler digitò nuovamente la combinazione numerica, ma la serratura rimase in posizione di chiusura.

"Mi sono sbagliata" dissi con un sospiro. "Serve anche un'impronta".

Qualche secondo dopo, la serratura passò in posizione di apertura, sorprendendoci entrambi.

"C'è un ritardo di tempo" dissi. "Antonio pensava che fosse la lettura della sua impronta, ma non era così. La serratura ha un ritardo di tempo programmato, indipendentemente dal fatto che sia stata impostata o meno un'impronta digitale. Questo permette all'utente di avere qualche secondo tra l'immissione della combinazione numerica e la lettura dell'impronta. È un ritardo abbastanza lungo, non mi sorprende che Antonio credesse che la serratura stesse davvero leggendo la sua impronta. La mancanza della luce verde avrebbe dovuto suggerirgli che la lettura non avveniva".

Interruppi le riprese e restituii il telefono a Tyler.

"Ottimo lavoro, Cen".

"La serratura è la chiave del mistero".

"Spiritosa..." Tyler sorrise. "Non possiamo ancora escludere Antonio, ma adesso ci sono altri sospetti".

"Oppure c'è un'altra possibilità, che spero non sia vera, perché riporterebbe ad Antonio". Avevo imparato molto dalle mie ricerche sulle serrature.

"Quale sarebbe?" chiese Tyler.

"Conosci i due tipi di serrature elettriche?"

"Non ne ho la minima idea" disse Tyler.

"Un tipo di serratura si sblocca quando manca la corrente, mentre l'altra rimane chiusa anche in mancanza di corrente. Non so che tipo di serratura sia questa, ma è possibile che, togliendo la corrente, si sarebbe aperta".

"Cosa succede al lettore di impronte?"

Scrollai le spalle. "Forse si cancella. Le istruzioni non parlano di ciò che avviene in caso di mancanza di corrente. È esattamente quello che sto aspettando di sapere". Gli dissi del messaggio che avevo lasciato sulla segreteria telefonica della Secure-Lock.

"L'assassino avrebbe anche dovuto sapere che la serratura è disattivata quando manca la corrente" disse Tyler.

"È una serratura molto costosa, Tyler. Non dovrebbe disattivarsi".

"È quello che penso anch'io" disse Tyler. "La domanda, a questo punto, è: chi vuole sia Richard che Antonio fuori dai piedi?"

CAPITOLO 24

Quando io e Tyler tornammo alla sagra, era già tutto finito. Il parcheggio era vuoto e la palestra era chiusa. Zia Pearl aveva davvero messo fine a tutto prima della scadenza della licenza.

O forse no?

"Aspetta un attimo" saltai fuori dalla Jeep e corsi alla porta della palestra, sulla quale era appeso un grande cartello bianco. Il messaggio scritto in pennarello nero invitava tutti i partecipanti all'unico altro posto in città con una licenza per la vendita di alcol: il bar Witching Post di proprietà della mia famiglia. Ero sicura che questo messaggio non facesse parte delle istruzioni impartite da Tyler.

Zia Pearl aveva semplicemente trasferito la sagra al nostro bar. Zia Pearl non si smentiva mai... aveva sfruttato la situazione a suo vantaggio.

Dieci minuti più tardi arrivammo al Witching Post, dove il parcheggio era pieno e dal bar proveniva un frastuono di voci ubriache. Entrammo, il locale era pieno. Carolyn Conroe, l'alter ego di zia Pearl, nonché sosia di Marilyn Monroe, ci salutò con la mano dal palco improvvisato che era comparso in un angolo del bar. Era sicuramente stato creato con la magia, tuttavia era molto semplice rispetto ai "tocchi" pirotecnici ed esagerati a cui zia Pearl ci aveva abituato. La sua magia sembrava un po' peggiorata, ma a dire il vero per tutto il giorno si era dovuta destreggiare con la vendita di vini, la giuria di una gara e missioni segrete per la polizia. Era una mole di lavoro non indifferente, persino per lei.

Rimanemmo vicini alla porta. Ci eravamo persi molto, a detta del cartello appeso sopra al palco, che annunciava i vincitori di ciascuna categoria.

Il merlot Witching Hour di mamma aveva vinto nella categoria "Miglior vino nuovo", l'ultima categoria a essere giudicata prima della scadenza della licenza della sagra. Mancava solo una categoria, quella più importante, ovvero il Vino dell'anno. Speravo che la giuria facesse in fretta, ma le mie speranze furono presto infrante. A questo punto l'assaggio dei vini e la valutazione da parte della giuria erano diventati un gioco per ubriacarsi.

Sospettavo che la maggior parte delle persone fosse qui per vedere se Desiree avrebbe vinto o perso, ora che Richard non era più giudice.

Se avesse perso, ci sarebbero stati problemi in un modo o nell'altro. Un conto era perdere nella categoria "Miglior vino nuovo", un altro era perdere il premio di "Vino dell'anno". Desiree avrebbe sicuramente fatto una scenata. Si prospettava una gara più controversa che mai. L'unica cosa buona era che nessuno sembrava notare l'assenza di Richard. Di fatto, tutti sembravano divertirsi ancora di più. Sotto la regia di zia Pearl, la gara sembrava più divertente ed entusiasmante.

Il palco era troppo piccolo per poter contenere comodamente i tre giudici e Carolyn Conroe. Erano seduti su sgabelli anziché su sedie, e si appoggiavano gli uni agli altri mentre bevevano. Rovesciavano il vino, rompevano bicchieri e, ad un certo punto, rischiarono di cadere dal palco come pedine del domino. Ora i giudici riutilizzavano i bicchieri anziché sostituirli dopo ogni assaggio.

"Bevete tutti!" Carolyn Conroe farfugliò nel microfono. Indossava un abito da sera di paillette rosse, fatto con lo stesso tessuto della tuta di zia Pearl. "Stiamo per scegliere il Vino dell'anno, il vincitore assoluto della sagra del vino di Westwick Corners".

"Meno male". Mi voltai verso Tyler. "Chi sarà mai?"

"Cosa importa, basta che sia qualcuno" rispose lui.

Speravo finisse tutto in fretta.

Improvvisamente, Desiree si alzò dalla sedia. Corse sul palco e si lanciò sul microfono, dando uno spintone involontario a Carolyn. "Non puoi farlo! Questo non è un evento ufficiale!"

"Oh, oh". Il mio cuore accelerò. Zia Pearl, anzi Carolyn, non sarebbe stata zitta.

"Spero che non..." Tyler era incredulo.

Carolyn Conroe si rialzò e afferrò le gambe di Desiree. Desiree cadde sul palco e si rannicchiò in posizione fetale.

Carolyn fece un profondo respiro e sventolò una mano, tracciando un grande arco.

Aveva appena "congelato" tutti. Tutti quelli che non erano streghe, ovviamente. Persino Tyler era immobile accanto a me.

Mamma corse fuori dal bancone del bar. "Cosa sta succedendo?"

"Mamma, ha fatto un incantesimo e ha immobilizzato tutti"

gridai. "Smettila, zia Pearl!"

"Pearl, non puoi trattare così la gente". Mamma sembrava arrabbiata. "Annulla l'incantesimo, così possiamo finire con la gara. E cambiati, esci dal personaggio di Carolyn. Stai confondendo tutti".

"Non dirmi cosa devo fare, Ruby! Quella donna mi ha aggredito. È stata legittima difesa". Carolyn si trasformò tuttavia in zia Pearl.

Guardai il palco, dove Desiree giaceva sul fianco, rannicchiata davanti ai tre giudici. "Non dovevi usare tutta quella forza".

"Nessuno mi ha mai aiutato in questa città senza legge". Il sorrisetto di zia Pearl mi sfidava a contraddirla.

Seguii il suo sguardo verso Tyler, immobile accanto alla porta. "E come potrebbe aiutarti? L'hai immobilizzato".

"Non essere pedante, Cendrine!"

Sospirai, in preda all'esasperazione. Questa conversazione non avrebbe risolto nulla. Feci un respiro profondo e pronunciai l'incantesimo di inversione:

Prendi il futuro
  Rendilo antico
  Ora il presente
  Riscrivi, mio amico

Dopo avere annullato l'incantesimo della zia, ne aggiunsi uno nuovo, per "congelare" solo lei.

"Cosa diavolo...?" Le mani di zia Pearl si contraevano, mentre lei cercava di muoversi. Guardava in giro per la stanza in preda al panico, quindi mi fissò. "Cendrine, annulla subito il tuo incantesimo!"

Non era il mio incantesimo migliore e non l'avevo lanciato molto bene, dato che zia Pearl riusciva ancora a muovere la testa. La magia frettolosa creava sempre problemi.

"Cen?" mamma mi sollecitò.

Annullai velocemente l'incantesimo. Era durato solo qualche secondo, ma era bastato per dare una lezione a zia Pearl.

Tornai al fianco di Tyler giusto in tempo. Un forte mormorio attraversò il bar, mentre tutti tornavano in vita.

Tyler tossì. "Ho appena avuto una sensazione stranissima... come se mi fossi addormentato in piedi, o qualcosa di simile. È successo anche a te, Cen?"

"Cosa? Sì... una cosa simile". Ero ancora preoccupata, mentre guardavo zia Pearl fare ritorno sul palco. Dovevo tenere sotto controllo in qualche modo sia lei che la sua magia, affinché la gara potesse finire.

Nel frattempo, Desiree era ancora sul palco. Si rialzò lentamente e afferrò zia Pearl per il braccio. Cercò nuovamente di tirarla giù dal palco. "Non sei un giudice!"

"Non sto fingendo di esserlo". Questa volta, i piedi di zia Pearl rimasero ben piantati. "Sto solo intervenendo per mantenere l'ordine".

"No, non è vero! Stai solo creando confusione". Desiree batté un piede, in preda alla frustrazione. Si voltò e ci vide. "Sceriffo, arresti questa donna per aggressione!"

Tyler mi guardò e sospirò. "Vuoi darmi una mano?"

Annuii, temendo che zia Pearl, sempre più arrabbiata, avrebbe lanciato una nuova manciata di incantesimi. La guidai a lato del palco, mentre Tyler accompagnava Desiree al suo tavolo, poco distante.

Desiree voleva vincere, mentre zia Pearl sembrava determinata a garantire che ciò non avvenisse.

CAPITOLO 25

A questo punto, Carol e Reggie erano troppo ubriachi per continuare a giudicare i vini, quindi eravamo tornati al punto di partenza, con un solo giudice al posto di tre. L'unica differenza era che ora quel giudice era Earl. Nessuno si era lamentato, almeno non ancora.

Desiree era seduta al suo tavolo, e tamburellava le dita con impazienza. Sembrava pronta a salire sul palco per ritirare il premio di Vino dell'anno non appena fosse stato annunciato il vincitore.

Mamma si avvicinò al tavolo di Desiree e posò un bicchiere contenente un assaggio dell'ultimo Vino dell'anno. Il bicchiere di Desiree era in ritardo, a causa del litigio con Carolyn, l'alter ego di zia Pearl.

Qualunque cosa mamma avesse detto a Desiree, sembrò avere l'effetto di calmarla. Desiree sollevò il bicchiere, bevve un sorso, poi un altro. Si mise comoda e sorrise.

Zia Pearl si avvicinò al microfono e ci soffiò dentro facendo un gran baccano. "Siete pronti a scatenarvi?"

La folla applaudiva e gridava. Le cose stavano per diventare più movimentate.

"E-e-e-e-e abbiamo un vincitore!" Pronunciava le parole come se stesse per incoronare il nuovo campione mondiale di pugilato, anziché un produttore di vino. "Earl, a te gli onori".

Eravamo tutti seduti intorno al ring di quello che sarebbe stato il combattimento del secolo, almeno per la sagra del vino di Westwick Corners. L'atmosfera era tesa, tutti trattenevano il respiro in attesa che il giudice Earl annunciasse il vincitore.

Ma fu Desiree a parlare per prima.

Si alzò e batté con l'unghia sul bicchiere. "Mmmm... questo è buono. No, è più che buono. È squisito, è decisamente il vincitore. Lievi note di ciliegia e cioccolato, invecchiato in speciali botti di legno di quercia. Mmmm... riconoscerei il mio vino ovunque".

"Vediamo..." Earl appoggiò la matita al labbro, valutando i voti per ciascuna categoria. La matita gli sfuggì dalle dita e cadde sul palco. Si piegò per raccoglierla, ma perse l'equilibrio. Si rialzò, strofinandosi la fronte. "Non posso continuare, Pearl. Non mi sento bene".

Zia Pearl protestò: "Non puoi fermarti adesso, Earl. Hai una gara da giudicare".

"Ma ho la nausea..."

Zia Pearl alzò una mano: "Non voglio sentire storie. Perché hai bevuto il vino? Dovevi solo assaporarlo in bocca e poi sputarlo!" Indicò una grande ciotola che si era improvvisamente materializzata sul tavolo davanti a lui.

"Non me l'hai mai detto. Perché non mi hai detto niente? Lo sai che non bevo".

"Tutti sanno come si fa, Earl. Pensavo che non servissero spiegazioni".

Zia Pearl era egocentrica e avventata, ma non era mai volutamente cattiva. Specialmente nei confronti di Earl. Non amava le dimostrazioni d'affetto in pubblico, ma il suo cuore apparteneva a Earl. Tuttavia aveva preteso, in modo irragionevole, che lui, un astemio, consumasse un'enorme quantità di vino. Sapeva che Earl non riusciva mai a dirle di no.

Era ai limiti della crudeltà e, onestamente, pensavo che fosse uscita di senno. O almeno, che avesse perso il suo talento di strega e il buon senso. Nella migliore delle ipotesi, Earl avrebbe vomitato tantissimo e avrebbe perso i sensi. Nella peggiore delle ipotesi, rischiava il coma glicemico.

Earl fece un saluto militare a zia Pearl. Non capivo se fosse sarcasmo o lealtà, tuttavia sollevò l'ultimo bicchiere di vino e se lo portò alle labbra. Assaporò il vino in bocca e annuì lentamente, prima di deglutire. "Sissignore... Questo è il migliore di tutti".

CAPITOLO 26

Earl passò il foglio a zia Pearl.
Lei fece un respiro profondo. "Il vincitore è... Ruby West con il suo merlot Witching Hour dell'azienda vinicola Witching Post! Ruby, vieni a ritirare il premio!"

"Non è possibile" gridò Desiree. "Non puoi assegnare il primo posto a tua sorella, Pearl!"

"Non ho fatto un bel nulla" rispose zia Pearl. "Ha deciso la giuria, composta da giudici indipendenti".

Mamma salì sul palco. "Penso che ci sia stato un errore. Non posso avere vinto ancora".

Un conto era vincere il premio per il miglior vino nuovo, ma il premio per il vino dell'anno era molto più competitivo, e c'erano molti concorrenti meritevoli. Tra di loro, anche Antonio.

Zia Pearl afferrò il sacchetto di carta marrone nascosto sotto la sedia di Earl. Dal sacchetto sporgeva un collo di bottiglia; zia Pearl estrasse la bottiglia, rivelando l'etichetta che avevo faticato a creare e che Desiree aveva insultato.

"Nessun errore" disse zia Pearl voltandosi verso Desiree. "È proprio il merlot Witching Hour di Ruby. Desiree, se fossi in te, adesso tornerei al mio tavolo".

Desiree stava per obiettare, ma poi vide mamma sul palco e cambiò idea. Si voltò e scese dal palco, tornando al suo tavolo.

Zia Pearl porse il microfono a mamma. "Discorso! Discorso!"

Mamma aveva vinto in modo onesto, oppure gli incantesimi di zia Pearl avevano migliorato il suo vino? Il suo vino era buono, ma era davvero migliore del costosissimo vino di Desiree, oppure del delicato shiraz di Antonio?

Se zia Pearl aveva davvero migliorato il merlot Witching Hour di mamma con un incantesimo, allora Desiree aveva ragione. Era stato commesso un errore. Non sapevo se il mio incantesimo fosse stato abbastanza potente da annullare gli effetti di quello di zia Pearl.

Magari aveva avuto addirittura l'effetto opposto. Annullare un incantesimo talvolta raddoppiava l'efficacia di quello originale. Ero ricorsa a quel particolare incantesimo solo un paio di volte, quindi non ero del tutto sicura delle mie capacità. E se avessi accidentalmente reso migliore il vino di mamma? Anche questo significava imbrogliare, seppur non intenzionalmente.

Forse non l'avrei mai saputo. Malgrado ciò, mamma conosceva bene la stregoneria e sarebbe stata in grado di individuare qualsiasi trucchetto, sia mio che di zia Pearl. Se zia Pearl aveva davvero contribuito alla vittoria, se ne sarebbe di sicuro accaparrata il merito, e ancora non l'aveva fatto.

Mamma iniziò a parlare, sorridendo felice: "Non posso credere di aver vinto! Ma soprattutto, sono felice che il mio vino sia piaciuto. Questa vittoria però non è solo mia... c'è un co-vincitore. Antonio Lombard ha creato questo vino insieme a me".

Antonio e Trina erano seduti qualche tavolo più in là di noi. Trina aveva prelevato Antonio a Shady Creek dopo il suo rilascio da parte della polizia, senza accuse formali.

Antonio sorrise e fece un cenno di saluto a mamma.

"Antonio, sali sul palco!" Zia Pearl, da strega perfetta quale era, improvvisamente aveva in mano un secondo trofeo. "Vieni a ritirare il tuo premio!"

Antonio si alzò e si diresse verso il palco.

"Non ci pensare nemmeno!" Desiree puntò il dito verso Tyler. "Sceriffo, non bisogna arrestare quest'uomo?"

Un forte mormorio attraversò la folla. Nonostante la lunga giornata, la morte di Richard non era ancora di pubblico dominio. Valerie era a casa e probabilmente non aveva parlato con nessuno. Né avevano parlato Antonio, Trina, Desiree e zia Pearl.

Tyler si schiarì la voce. "Desiree, c'è un'indagine in corso. Ma stiamo per fare un arresto".

Antonio era sul palco, guardava incerto zia Pearl, la quale gli cacciava in mano il trofeo. Agli occhi dei presenti, sembrava panico da palcoscenico. Forse Antonio stava per essere accusato di omicidio sotto agli occhi dell'intera cittadina.

Tyler salì sul palco, prese il microfono e chiese a tutti di prestare attenzione.

Antonio tornò a sedersi, Desiree lo seguì furibonda, mentre Earl e mamma rimasero sul palco silenziosi.

Zia Pearl era appena scesa dal palco, quando si aprì la porta del bar.

La luce della luna si riversò nel Witching Post, mentre una figura ombrosa oscurava l'ingresso.

CAPITOLO 27

Jose Lombard entrò e si fermò, come se cercasse qualcuno. I suoi occhi scrutarono la stanza, quindi si posarono su Antonio e Trina, seduti al loro tavolo. Li raggiunse con fare aggressivo, facendo quasi cadere mamma e il suo vassoio. "Hai davvero toccato il fondo, Antonio".

Antonio si irrigidì.

Trina si alzò e bloccò Jose prima che potesse raggiungere Antonio. "Jose, non penso che sia il momento giusto per parlare ad Antonio".

Jose spalancò la bocca alla vista del fratello. Si rivolse urlando a Tyler. "Sceriffo! Lasciate un assassino a piede libero?"

Tyler parlò a bassa voce: "Non creare scompiglio".

"Cosa succede, sceriffo?" chiese un uomo anziano tra la folla.

"Di cosa sta parlando?" Lacey Ratcliffe iniziò a gridare.

Tutti si misero a parlare contemporaneamente. Il rumore

divenne così forte da rendere difficile sentire la voce di Tyler nel microfono.

Tyler alzò il volume del microfono e disse: "Calmatevi tutti e tornate ai vostri posti. Jose, smettila. Siediti al bar".

Jose non si mosse, con le mani sui fianchi. "Devo smetterla? Non devo creare scompiglio dopo che mio fratello ha ucciso una persona? Dopo avere mandato in bancarotta la nostra azienda vinicola, mi permetto di aggiungere. Vi sembra tutto normale?"

Tyler alzò una mano in direzione di Jose, quindi si rivolse alla folla di presenti. "Mi dispiace dovere annunciare che Richard Harcourt è morto. Morto per omicidio".

Ci fu un sussulto collettivo.

Tyler proseguì: "Il corpo di Richard è stato scoperto stamattina. L'omicidio è stato intenzionale e Richard conosceva il suo assassino. Nessun altro è in pericolo".

"È questo il motivo per cui non era alla sagra?" chiese una donna.

"Sì" rispose Tyler. "Vi informo che è in corso un'indagine e che sto per annunciare un arresto".

"Era ora, sceriffo" urlò Desiree. "Il mio povero Richard non c'è più!"

Crollò nella sedia e iniziò a singhiozzare disperatamente.

Nessuno corse a consolarla.

Jose aveva ignorato gli ordini di Tyler e rimaneva accanto al tavolo di Antonio e Trina. Guardò suo fratello. "Non è troppo tardi per vendere, Antonio. È meglio farlo prima di finire in prigione. Puoi usare il denaro per pagarti un buon avvocato".

Lasciò cadere una busta sul tavolo di Antonio.

Trina aprì la busta e ne lesse il contenuto. Spinse quindi i fogli lungo il tavolo e fissò Jose. "Non venderà".

"Non ti immischiare, Trina. Non sono affari tuoi".

Trina si alzò. "Sono decisamente affari miei, Jose. Ho investito nella Lombard Wines tanto quanto voi. Ricordi il denaro che vi ho prestato l'anno scorso per supportare l'attività? Non ricevo pagamenti da mesi".

Jose si accigliò. "Pensavo che Antonio avesse ripagato il prestito".

Trina scosse la testa. "No, Jose. Non ha potuto ripagarlo perché non c'erano più soldi dopo che hai raggiunto il limite massimo con la carta di credito per comprarti la Cadillac con i soldi dell'azienda".

Jose scrollò le spalle. "Trina, recupererai ben poco se la banca procede con il pignoramento dei beni. Non puoi provare a far ragionare Antonio?"

"Non ce n'è bisogno" rispose Trina. "La banca non è la sola ad avere un interesse. Al secondo posto, c'è anche il mio prestito garantito, anch'esso con l'azienda come garanzia".

"E quindi? La banca viene prima".

"Non se io dessi ad Antonio i soldi necessari per saldare i pagamenti in arretrato. A quel punto, la banca non potrebbe pignorare. Io, invece, potrei bloccare tutto. Ti faccio una proposta, Jose. Vendi le tue quote ad Antonio alle stesse condizioni a cui le avresti vendute a Desiree, e sarai libero di andare per la tua strada".

Antonio rimase a bocca aperta. "Ma l'azienda vale molto di più..."

Trina finì la sua frase. "L'azienda vale molto di più dell'offerta che volevi convincere Antonio ad accettare? È questo che volevi dire? Quel prezzo sembrava andarti bene, però".

"Io... non so..." balbettò Jose.

Trina stracciò i fogli e li fece cadere sul tavolo. "Ora o mai più. Sai già che Antonio non accetterà mai di vendere a Desiree. La mia offerta scade tra un minuto".

"Va bene! Accetto!" urlò Jose. "Non vedo l'ora di andarmene da questo posto".

Tyler scese dal palco e si avvicinò ai due fratelli. "Aspetta... Abbiamo alcune questioni in sospeso".

CAPITOLO 28

Jose scosse la testa. "Ho finito per questa sera. La chiamerò domani, sceriffo".

"Invece non c'è momento migliore di questo" disse Tyler. Si mise davanti a Jose, bloccandogli l'uscita. "Va bene a tutti se risolviamo adesso la faccenda?"

La folla mormorò il proprio assenso, quindi sulla stanza cadde il silenzio.

Tyler si schiarì la voce. "Era già abbastanza grave che tu ce l'avessi con Richard Harcourt... ma incastrare tuo fratello? È davvero spregevole, Jose."

"Non ho nulla a che fare con quello che è successo. Non ero nemmeno in città" protestò Jose. Estrasse dei fogli dal taschino della camicia e li sventolò in aria. "Ero dalle parti di Sacramento, a consegnare tutti questi ordini di vino, quando Trina mi ha chiamato per dirmi che Richard era stato trovato morto".

"Hai fatto qualche consegna?" chiese Tyler.

Jose scosse la testa. "No, perché Trina mi ha chiamato e mi ha detto di tornare immediatamente".

"Una persona con senso pratico avrebbe consegnato il vino

dopo avere guidato per 15 ore, non credi? Tu eri già là. E invece sei tornato a casa?"

"Ero sotto choc, sceriffo. Non capita tutti i giorni di sentire che tuo fratello ha ucciso qualcuno a coltellate".

"Jose, non ho mai detto a nessuno la causa della morte. Come fai a sapere che Richard è stato accoltellato?"

Jose fece una risatina nervosa "Me l'ha detto Trina quando mi ha chiamato".

Trina sventolò una mano per obiettare. "Non è vero. Nessuno mi ha detto come è morto. Non ho nemmeno mai visto il corpo di Richard".

"Allora, non so..." balbettò Jose. "Forse l'ho immaginato. Sapevo che era successo nella cantina e che Antonio non possiede un'arma da fuoco..."

"Jose, c'è una cosa che mi lascia perplesso" disse Tyler. "Se tu fossi stato a Sacramento questa mattina, come hai detto, in base all'ora in cui ti ha chiamato Trina, non potresti essere qui adesso. Il motivo per cui sei qui, è perché non sei mai andato in California. Non hai nemmeno mai lasciato lo stato di Washington, vero? Di fatto, non hai mai nemmeno lasciato la contea".

"Certo che sono andato. Ho caricato il vino ieri pomeriggio, subito dopo avere incontrato Antonio insieme a Richard. Ero già in autostrada dopo un'ora". Jose prese dal taschino dei jeans una ricevuta della carta di credito e la porse a Tyler. "Ecco la prova, un benzinaio di Bend, nell'Oregon".

Tyler studiò la ricevuta. "Hai ragione... eri nell'Oregon e hai fatto benzina venerdì, poco prima di mezzanotte. Questa ricevuta lo dimostra. Sacramento è lontana altre otto o nove ore. Ha tutto senso. Mi sono sbagliato".

L'espressione di Jose si fece arrogante. "Proprio così. Credo che Trina mi abbia chiamato verso le dieci della mattina".

"È stato allora che hai invertito la rotta per tornare qui?" chiese Tyler.

Jose annuì.

"Jose, ci vogliono quindici ore da Sacramento a qui. Cosa fai, voli?"

"Ammetto di avere superato i limiti di velocità, sceriffo. Ero sotto choc".

"10, 11, 12…" Tyler contò le ore con le dita. "Se davvero fossi partito alle dieci della mattina, non saresti arrivato prima della una di notte. Devi aver corso davvero tanto per metterci quattro o cinque ore in meno. Le tue tempistiche non hanno senso".

"A dire il vero, ero un po' più a nord di Sacramento. Mi scuso se non sono stato preciso. Sono esausto, ho guidato senza sosta". Jose guardò verso la porta. "Possiamo parlarci domani?"

"Penso che sia meglio parlarci ora" disse Tyler. "Ho le transazioni della tua carta di credito, eri alla locanda di Shady Creek ieri sera. Eri in due luoghi contemporaneamente?"

"Certo che no. Deve trattarsi di un altro Jose Lombard, è uno scambio d'identità".

Tyler scosse la testa. "La telecamera dell'albergo mostra che hai lasciato l'hotel intorno alle tre di questa mattina, indossavi abiti scuri e avevi una borsa da palestra. Sei salito su un camioncino bianco, molto simile a quello di Antonio devo dire, e sei uscito dal parcheggio".

"Non possiedo un camioncino bianco. Lo ripeto, si tratta di qualcun altro". Jose faticava a parlare, come se gli mancasse il fiato.

"No, sei proprio tu". La voce di Tyler era calma e misurata. "Non sei tornato in albergo fino a dopo le nove di questa mattina, ma quando sei tornato la tua faccia si vede benissimo nella telecamera. E sei tornato indossando abiti diversi, e senza la borsa della palestra. Gli abiti che indossavi erano puliti, senza tracce di sangue né indizi dalla scena del delitto. Dove hai gettato gli abiti insanguinati, Jose?"

"Cosa? Io non... deve esserci un errore". Scosse la testa, ma il suo volto era coperto di sudore.

"Nessun errore, Jose. Il direttore dell'albergo ti ha riconosciuto. Ha detto che eri un ospite frequente. Ha detto che questa volta non guidavi la tua Cadillac. Ti ha visto arrivare con un furgoncino, immagino quello delle consegne. Ce lo confermerà la videocamera di sorveglianza. Il direttore ha affermato di averti visto andare via con un camioncino bianco più tardi, lo stesso modello di quello di Antonio. L'autonoleggio ha confermato che qualcuno con la tua patente ha noleggiato un camioncino venerdì e l'ha restituito oggi pomeriggio. Penso che tu stessi cercando di impersonare tuo fratello".

"È una cosa ridicola! Perché farei mai una cosa simile?" Jose lo fissava.

"Perché noleggiare un camioncino quando già avevi a disposizione il furgone e la tua Cadillac? A meno che non volessi passare inosservato. A meno che non volessi lasciare delle prove che incriminassero tuo fratello".

Jose si fece tutto rosso. "È una bugia! Sai benissimo che Antonio ha ucciso Richard. Antonio ha addirittura minacciato Richard venerdì. Davanti ai miei occhi e a quelli di altri testimoni, sceriffo. Chiedi a Cendrine, Pearl o Trina. Hanno tutti sentito Antonio dire che avrebbe ucciso Richard".

"Una scelta di parole alquanto infelice" disse Tyler. "Ma le minacce di Antonio nella foga della discussione non provano la sua colpevolezza. Sono le tue azioni che necessitano di una spiegazione".

"Non intendo rispondere a queste accuse infondate. Non hai alcuna prova".

Tyler fece qualche passo in avanti, bloccando l'uscita a Jose. "Ho tantissime prove".

Le guance di Jose arrossirono. "Forse devo chiamare un avvocato".

"Credo sia una buona idea". I muscoli della mandibola di Tyler si irrigidirono.

Antonio ascoltava le accuse di Jose con gli occhi spalancati. "Mi hai mai visto essere violento?"

Trina strinse il braccio di Antonio e lo avvicinò a sé. "Sei l'uomo più dolce che abbia mai conosciuto. Non faresti del male a una mosca".

Jose imprecò sottovoce. "Perché avrei dovuto uccidere Richard? Stavo collaborando con Richard, cercando di far ragionare Antonio per convincerlo a vendere la nostra azienda in perdita. Stavo aiutando Richard a evitare un pignoramento doloroso, ottenendo allo stesso tempo un buon prezzo per la nostra azienda vinicola".

"Sei un bugiardo" disse Antonio. "Volevi vendere a Desiree, la nostra concorrenza. Adesso mi è tutto chiaro. Mamma e papà sarebbero molto delusi dal tuo comportamento. Vendere a qualcuno che imbottiglia miscele di vino a basso costo e le spaccia per vino di lusso. E poi uccidere qualcuno e fare incolpare me? Hai davvero toccato il fondo".

"È impossibile che sia stato io a uccidere Richard" protestò Jose. "La cantina ha una serratura biometrica. Solo l'impronta digitale di Antonio può aprirla".

"Questa è una questione complessa" disse Tyler. "È vero che è molto difficile, se non impossibile, ingannare un lettore di impronte digitali. Le impronte digitali sono uniche, la probabilità che due persone abbiano le stesse impronte è una su sessantaquattro miliardi. Ciò lo rende molto improbabile, specialmente perché al mondo ci sono solo otto miliardi di persone. Anche se tu e Antonio siete fratelli, le vostre impronte digitali sono diverse. È difficile falsificare un'impronta digitale. A parte i solchi visibili a occhio nudo, ci sono altri solchi e creste visibili solo al microscopio. I produttori ne hanno tenuto conto durante la progettazione".

"E allora perché tutta questa scena?" Jose alzò le braccia al cielo.

Tyler lo guardò senza alcuna espressione. "Perché c'è un altro modo per superare il lettore biometrico. Una persona con accesso di amministratore può disattivare completamente il lettore riportandolo alle impostazioni di fabbrica".

Jose si accigliò. "E come si fa? Non so nulla di quella serratura. Non l'ho mai toccata. Antonio non mi ha nemmeno consultato prima di farla installare, sebbene costasse una fortuna".

"Tutto ciò che c'è da sapere è qui". Sollevai il manuale d'istruzioni della SecureTech, quello fornito con la mia serratura creata magicamente, lo stesso modello di quella della cantina della Lombard Wines.

Antonio esclamò: "Ehi, hai trovato il mio manuale! Dov'era?"

"In questo momento non è importante, Antonio" risposi.

Tyler si voltò verso Jose. "Antonio non ha perso il manuale della SecureTech. Tu hai trovato il manuale in casa, sul tavolo della cucina, e l'hai letto. Hai studiato la procedura d'impostazione. Antonio aveva lasciato il manuale fuori per consentirti di leggerlo e capire come funzionasse la serratura, e come immettere il tuo codice e la tua impronta digitale. Ma poi hai visto che Antonio aveva scritto il suo codice numerico sul manuale. Ecco quando hai capito che avresti potuto incastrare Antonio per l'omicidio di Richard. Il corpo di Richard in cantina offriva alla polizia un caso facile da risolvere, perché solo Antonio poteva aprire la serratura. Almeno, questo era quello che volevi far credere a tutti. Ecco perché ti sei rifiutato di immettere un codice tuo, e non hai voluto che lo facesse nemmeno Trina. Doveva esserci solo una persona in grado di accedere alla cantina: tuo fratello Antonio".

"Non è vero!" Jose incrociò le braccia.

"Un giorno, hai aspettato che Antonio fosse distratto da qualcosa all'esterno, mentre la porta della cantina era aperta. Ecco quando hai seguito le istruzioni del manuale per reimpostare il lettore di impronte digitali e rimettere le impostazioni di fabbrica, che non prevedono alcuna impronta.

Secondo il manuale, per avviare questa procedura era necessario solo che l'utente amministratore, ovvero Antonio, aprisse la porta. Una volta aperta la porta, hai immesso il suo codice numerico per disattivare l'opzione di scansione delle impronte. E una volta disattivato il lettore di impronte, bastava il codice a cinque cifre per aprire la porta. La funzione biometrica non c'era più. Poteva essere riattivata solo inserendo la chiavetta speciale e memorizzando nuovamente le impronte.

"Per quanto ne sapeva Antonio, la serratura funzionava normalmente. Lui digitava il codice numerico e poi passava il dito sul lettore. Non sapeva che tu avevi disattivato il lettore, quindi continuava a posare il dito dopo avere immesso il codice. Si lamentava della luce verde che non si accendeva più quando metteva il dito sul lettore. Pensava che si fosse bruciata la lampadina. Ma il motivo era che il lettore di impronte era stato disattivato".

"E allora perché ho visto Antonio abbandonare la sagra questa mattina, subito dopo Richard?" chiese zia Pearl. "Lo seguiva così da vicino, gli stava appicciato".

"Sì, hai visto Richard andare via nella sua decappottabile, ma non hai visto Antonio che lo seguiva. Quello che hai visto era invece Jose alla guida di un camioncino uguale a quello di Antonio. Jose indossava un giubbotto imbottito per somigliare a suo fratello maggiore, di corporatura più robusta. Sarebbe stato facile scambiare un fratello per l'altro all'interno di un camioncino".

Zia Pearl scosse la testa. "Pensi che non sia capace di riconoscerli? Non sto uscendo di testa, sceriffo".

"Lo so, Pearl. Sebbene la videocamera di sorveglianza lì vicino abbia smentito leggermente gli orari che hai fornito tu. Ma è comprensibile, considerando che stavi facendo mille cose contemporaneamente". Tyler inarcò le sopracciglia. "Secondo il custode della scuola, quando ha aperto la palestra poco prima delle sette di questa mattina, Richard e Desiree erano già nel parcheggio. Erano seduti nella Corvette di Richard, in attesa di entrare.

Il guardiano ha aperto la porta della palestra, e Richard e Desiree hanno iniziato a scaricare il vino dalla Corvette di Richard e a portarlo dentro la palestra.

Poco dopo è arrivato Jose, proveniente dalla direzione di Shady Creek. I tre hanno parlato per alcuni minuti, quindi sono usciti dal parcheggio su due veicoli: Richard e Desiree nella Corvette di Richard, e Jose dietro di loro nel camioncino a noleggio. Andavano in direzione della Lombard Wines. Sia la Corvette di Richard che il camioncino di Jose sono stati ripresi dalla videocamera di sicurezza della stazione di servizio Gas n'Go".

Zia Pearl lo guardava in cagnesco, ma non disse nulla.

Tyler aggiunse: "Solo Jose sa come abbia fatto a convincere Richard a seguirlo e a lasciare la sagra. Doveva essere un motivo importante. Immagino che Richard pensasse che fosse qualcosa di veloce, e che sarebbe tornato in tempo per l'inizio della sagra. Magari Antonio ci aveva ripensato e ora era disposto a vendere a Desiree.

Una volta arrivati alla Lombard Wines, hai invitato Desiree e Richard in cantina, dicendo loro che Antonio era giù ad aspettarli per capire se la vendita potesse essere conclusa prima del pignoramento. Magari gli hai anche promesso una bella bottiglia di vino per sigillare l'accordo".

"Perché avrei dovuto uccidere Richard?" chiese Jose. "Non avevo alcun motivo. Ci stava aiutando a risolvere i nostri guai finanziari".

Tyler disse: "Il direttore dell'albergo di Shady Creek ha detto che c'era un'altra cosa insolita ieri sera. Che eri da solo. Di solito, quando stavi lì, eri con una donna bionda. Parlo con te, Desiree LeBlanc".

Desiree sussultò. Il suo anello di diamanti brillò sotto le luci, mentre lei si portava una mano alla bocca. "È una menzogna! Non sono mai stata in quell'albergo!"

"Le riprese della videocamera non mentono, Desiree. La polizia di Shady Creek sta guardando le ultime due settimane di riprese, ma vi ha già visto insieme in cinque o sei occasioni diverse".

"Non c'ero ieri sera, sceriffo. Né oggi". Desiree si alzò e puntò l'indice verso Tyler. "Concentrati su Antonio. Non è arrivato alla sagra fino alle otto e mezza di questa mattina, quindi ha avuto tutto il tempo necessario per uccidere Richard".

"No, invece ha lasciato l'azienda abbastanza presto. Prima di arrivare alla sagra, Antonio e Trina sono andati a fare colazione. Avevano lasciato la Lombard Wines intorno alle sette, ma penso che tu lo sappia già, perché Jose li aveva visti partire. Una volta liberato il campo, Jose ha incontrato te e Richard alla sagra. Ti sei assicurata che Richard arrivasse presto, prima che la palestra si riempisse di gente. Non volevi troppi testimoni. Tu e Richard siete andati in macchina alla Lombard Wines con Jose al seguito".

Tutti nel bar sedevano in un silenzio attonito.

"Perché avremmo fatto una cosa simile proprio il giorno della sagra del vino, sceriffo? Non potevamo andarcene".

Desiree scosse la testa, come se le dispiacesse che Tyler fosse così stupido.

Tyler disse: "Jose ha detto a te e a Richard di essere riuscito a far cambiare idea ad Antonio, all'ultimo minuto. Antonio era finalmente disposto a vendere a te, Desiree, per evitare il pignoramento dei beni. Ovviamente questo discorsetto era solo per Richard, perché tu eri complice del piano. Tu gli devi avere detto che era importante concludere immediatamente l'accordo, prima che Antonio cambiasse idea".

Desiree scoppiò a ridere. "Che fervida immaginazione, sceriffo. Questa è la storia più ridicola che io abbia mai sentito".

Tyler disse: "Il medico legale confermerà l'ora del decesso dopo l'autopsia di lunedì, ma a giudicare dalla temperatura fredda della cantina e dalle condizioni del corpo di Richard, era morto da ben più di alcuni minuti. Immagino almeno un'ora. Antonio non sarebbe dovuto tornare alla cantina per tutto il giorno, ma è stato costretto a farlo a causa di circostanze impreviste. Era rimasto senza vino".

Tyler fissò negli occhi zia Pearl, prima di rivolgersi a Jose. "Jose, non pensavi che Antonio tornasse a casa prima del tardo pomeriggio. Invece ti ha quasi colto sul fatto. Il vostro piano prevedeva che Antonio trovasse il corpo di Richard in cantina dopo la sagra. Tutto avrebbe puntato a lui: era sul luogo del delitto, la cantina che solo lui poteva aprire, oltre al fatto che fosse arrabbiato con Richard e in preda alla disperazione di perdere sia l'azienda che la casa.

Dopo avere ucciso Richard, Jose ha lasciato la città per evitare sospetti e per darsi una ripulita, cambiarsi gli abiti e disfarsi delle prove". Tyler si voltò verso Desiree. "Nel frattempo tu, Desiree, hai riportato l'auto di Richard alla sagra e l'hai parcheggiata nello stesso posto. Mancavano ore all'inizio dell'evento. Il custode era andato via, dopo avere aperto l'edificio, pensando che tu e Richard foste ancora dentro. Di fatto, era così presto che in giro non c'era nessuno. I pochi espositori già arrivati erano impegnati a scaricare ed esporre. Non avrebbero notato né fatto domande se una particolare auto fosse sparita per un breve periodo di tempo. L'unica altra testimone a vedere la Corvette andare via è Pearl West. Pare che fosse arrivata molto presto".

Zia Pearl disse: "Ho passato la notte lì per assicurarmi un buon posto nel parcheggio. Peccato che poi l'abbia perso per colpa delle regole stupide dello sceriffo".

Tyler ignorò il commento offensivo. "Pearl ha visto la Corvette di Richard andare via e ha dato per scontato che dentro ci fosse solo Richard, perché era impegnata e non guardava con attenzione. Ha anche scambiato Jose per Antonio. Di fatto, Antonio non sarebbe arrivato per un'altra ora, dopo che lui e Trina avevano finito la colazione e lasciato il ristorante. La ricevuta della carta di credito e altri testimoni al ristorante confermano l'orario".

Jose spalancò la bocca: "Antonio ha un alibi?"

Tyler annuì. "Un alibi di ferro".

"Non è vero" disse Desiree. "La macchina di Richard non ha mai lasciato il parcheggio".

"No, Desiree. Quando Richard è morto, tu hai riportato la Corvette alla sagra. Gli altri espositori erano impegnati a preparare le loro bancarelle e non notavano il via vai delle auto. Pearl ha visto la macchina partire, ma non abbastanza a lungo da vedere chi ci fosse dentro. Ma non è un problema, perché la stessa telecamera di sorveglianza mostra la Corvette che ritorna alla sagra. Sei anche riuscita a parcheggiare la Corvette nello stesso posto. Hai commesso tuttavia un errore fatale.

Aveva inaspettatamente iniziato a piovere, nonostante le previsioni avessero promesso una giornata di sole. Poiché

Richard si aspettava una giornata senza pioggia, la mattina aveva lasciato abbassato il tetto della decappottabile.

Alla prima goccia di pioggia, il proprietario di una decappottabile sarebbe immediatamente corso fuori a chiudere il tetto. Ma la persona che aveva parcheggiato l'auto non sapeva come farlo, oppure non ci ha pensato. Non è un errore che il proprietario di un'auto sportiva d'epoca commetterebbe.

Tu volevi la Corvette in quel posto perché sapevi che più tardi i partecipanti della sagra l'avrebbero vista e si sarebbero ricordati, sbagliando, di avere visto Richard alla sagra".

Mi avvicinai a Desiree. "Ecco perché continuavi a inventare scuse sulla presenza di Richard alla sagra. Volevi che pensassi che era lì, almeno la mattina. Invece già sapevi che era morto. Perché eri coinvolta".

Pearl incrociò le braccia. "Non ho avuto nulla a che fare con tutto questo, a parte aver detto a Richard che ero interessata a fare un'offerta per l'acquisto dell'azienda vinicola".

"Neanch'io c'entro nulla" disse Jose. "Non ne volevo più sapere dell'azienda. Perché avrei dovuto uccidere Richard quando c'era un compratore? È vero che non volevo il pignoramento, ma persino quello mi avrebbe fruttato un po' di denaro. Il pignoramento era meglio del fallimento totale. La nostra azienda perdeva soldi da tutte le parti".

"E chi l'ha detto che il tuo movente fosse economico?" chiese Tyler.

"Cosa?" disse Jose.

"Trovare un compratore per l'azienda vinicola era una bugia, non è vero Jose? Volevi che Richard sparisse perché ti eri innamorato di Desiree. Desiree aveva promesso di prestarti il denaro necessario per acquistare le quote di Antonio, ma tu rifiutasti l'offerta. Perché? Perché in base alle condizioni dell'accordo tra gli azionisti della Lombard Wines, Antonio avrebbe potuto fare una controproposta per acquistare le tue quote. Ciò vi avrebbe condotto ad un punto morto, quindi ti serviva un altro modo per fare rinunciare Antonio all'azienda. Doveva andare in prigione per omicidio".

"Hai ucciso il mio povero Richard" gridò Desiree. "Jose, sei un mostro!"

"Smettila di provare a scrollarti di dosso le tue colpe, Desiree" disse zia Pearl. "Sai troppe cose per proclamare la tua innocenza. Eri arrabbiata con Richard perché si era riconciliato con Valerie, quindi ti sei avvicinata a Jose. Non solo volevi farla pagare a Richard, ma volevi anche prenderti la Lombard Wines ad un prezzo stracciato".

CAPITOLO 29

Il bar era così silenzioso che si sarebbe potuto sentir cadere uno spillo.

La polizia di Shady Creek stava aspettando un ordine da parte di Tyler, appostata fuori dal Witching Post. I poliziotti entrarono nel bar e raggiunsero Tyler.

Jose imprecò sottovoce mentre un poliziotto gli si avvicinava.

Gli occhi di Desiree si muovevano freneticamente per il bar, sperando che qualcuno o qualcosa la salvasse. Non sarebbe successo.

Tutti avevano in mano i telefonini e fotografavano i due fuggitivi di Westwick Corners.

Tyler si rivolse a Jose. "Togli le mani dalle tasche, per favore".

Jose ubbidì.

"Ti dichiaro in arresto per l'omicidio di Richard Harcourt". Tyler lesse i diritti a Jose e lo ammanettò, prima di consegnarlo a uno degli agenti di Shady Creek.

"È davvero necessario?" Desiree cercò invano di liberarsi

dalla presa gentile, seppur salda, di Earl. "Il mio avvocato pagherà la mia cauzione ancora prima che io arrivi a Shady Creek".

Tyler si voltò verso Desiree, le afferrò i polsi e la ammanettò. "L'avete reso necessario voi. Non possiamo permetterci degli assassini in libertà a Westwick Corners".

Alcune persone si misero ad applaudire.

Tyler alzò una mano, facendoli smettere.

Desiree pestò i piedi. "Non sono un'assassina! Quante volte ve lo devo ripetere? Jose è ossessionato da me. Non posso farci niente se gli uomini fanno pazzie per conquistarmi. Non gli ho mai detto di fare nulla. Non farei mai del male a nessuno, tanto meno a Richard, l'amore della mia vita".

Jose imprecò sottovoce. Si lanciò contro Desiree, ma il poliziotto lo trattenne.

Zia Pearl agitò un dito in direzione di Desiree. "Sei colpevole quanto Jose, perché sei la mente dietro a tutto questo. Hai usato Jose per ottenere quello che volevi. Volevi avere il controllo della Lombard Wines ed eliminare il tuo uomo allo stesso tempo. Buona fortuna con la ricerca di un avvocato, perché in città nessuno vorrà rappresentarti".

Mamma tirò la manica di zia Pearl. "A Westwick Corners non ci sono avvocati".

Zia Pearl scrollò il braccio. "È perché non ci servono, Ruby. In questa cittadina ci facciamo giustizia da soli".

Tyler si accigliò. "Pearl, fare giustizia è il mio lavoro".

Zia Pearl lo ignorò. "Desiree, qui non tolleriamo i criminali. Perché è questo ciò che sei. La luce del giorno la vedrai solo nel cortile della prigione".

Tyler rivolse a zia Pearl. Sulla sua bocca comparve un leggero sorriso. "Per una volta siamo d'accordo".

"Sceriffo, finalmente hai fatto il tuo lavoro" disse zia Pearl. "Immagino che ci sia speranza anche per uno come te".

Tyler sorrise. "Grazie per il complimento, Pearl".

"Ecco, un'ultima cosa... Ho qualcosa da darti, sceriffo". Zia Pearl rovistò nella tasca ed estrasse una grande chiave di ottone. "È una chiave della città. Grazie per il tuo duro lavoro".

"Pearl... grazie!" Tyler si accigliò. "Ma di solito non è un onore che spetta al sindaco?"

Zia Pearl sbuffò. "Pensi che sia lui a fare andare avanti tutto? È solo un fantoccio. In questa città non succede nulla senza il mio sigillo d'approvazione".

Tyler rise. "Sono semplicemente felice di avere risolto l'omicidio di Richard e di avere tolto due assassini dalle strade".

Zia Pearl aggrottò la fronte. "Non prenderti tutto il merito, sceriffo. Non ce l'avresti fatta senza di me e Cen. Siamo state noi a risolvere il caso".

"Noi?" Era la prima volta che zia Pearl mi riconosceva il merito di qualcosa. Era un mezzo complimento, ma lo accettai.

~

SCENDEVA IL CREPUSCOLO, mentre ero in piedi fuori dal Witching Post. Non mi ero messa la giacca e stavo rabbrividendo a causa del venticello freddo. Guardai portare via Jose e Desiree, ciascuno in una delle due auto della polizia di Shady Creek. Jose fu il primo a entrare in una delle auto. Ci lanciò un'occhiataccia dal sedile posteriore, mentre l'auto partiva velocemente.

Un poliziotto in uniforme proteggeva con una mano la testa di Desiree, mentre la faceva entrare nella seconda auto. Mi spaventava il pensiero che un uomo innocente fosse stato incastrato così facilmente per un omicidio che non aveva commesso. Per fortuna gli assassini di Richard erano stati presi e presto avrebbero fatto i conti con la giustizia.

Ero anche sollevata che la sagra fosse finita per un altro

anno. Ogni anno c'era qualche dramma, sebbene ora con Desiree fuori dalla scena, forse sarebbe tornata a essere un piccolo e divertente evento cittadino.

Nonostante tutto ciò che era successo, la sagra era continuata, come se niente fosse, fatta eccezione per il disastro della giuria. Molti venditori avevano venduto più degli anni precedenti.

L'assenza di Richard aveva dimostrato che, dopo tutto, lui non era indispensabile.

E Desiree non avrebbe preso parte a concorsi vinicoli per molto tempo.

Feci un profondo respiro e sentii la tensione della giornata abbandonare il mio corpo. Era stato un giorno molto impegnativo, ma anche tragico. Nulla era andato secondo i piani.

Ma la giornata non mi sembrava ancora finita. C'era un pensiero che mi girava per la testa. Non doveva succedere qualcos'altro oggi?

Ah, sì. La sorpresa di Tyler.

Ovviamente non sarebbe successo ormai. Sebbene il mistero fosse stato risolto e i colpevoli fossero stati catturati, il caso non era ancora chiuso. Mancavano le imputazioni, c'erano dei documenti da scrivere e degli interrogatori da fare. Tyler sarebbe presto andato a Shady Creek per occuparsi di tutte queste cose. Non l'avrei visto probabilmente per uno o due giorni.

La mia sorpresa avrebbe dovuto aspettare.

Guardai Antonio, in piedi accanto a Trina, mano nella mano.

Erano ancora sotto l'effetto dell'incantesimo di zia Pearl, oppure era vero amore?

Zia Pearl mi pizzicò il braccio sussurrando: "Certi incantesimi non si rompono, Cen. Non provarci nemmeno".

CAPITOLO 30

Era una mattina soleggiata, quando arrivai alla locanda. Mamma mi stava aspettando sulla scalinata davanti all'ingresso.

Mi aveva chiesto di venire subito, perché aveva urgentemente bisogno di aiuto. Solitamente era molto indipendente, quindi avevo mollato tutto ed ero corsa a casa ad aiutarla.

"Perché sei vestita così elegante?" La guardai con sospetto.

"Non sono vestita elegante" rispose. "Questa è una vecchia tenuta da giardinaggio".

Scossi la testa. "Nessuno fa giardinaggio vestito di lino. Sicuramente non in lino bianco".

Mi scacciò con un gesto della mano. "Cosa importa? Posso fare giardinaggio vestita di lino, se lo voglio. E comunque, non importa ciò che indosso. Sbrigati o saremo in ritardo".

"In ritardo per cosa?"

Non mi rispose, ma mi afferrò stretta la mano. Mi tirò con una forza sorprendente lungo il vialetto che costeggiava la casa.

Mamma non indossava mai la gonna, né si truccava.

Sembrava vestita per una festa, anche se non mi ricordavo che ce ne fosse una in programma. "Non possiamo essere in ritardo per quella cosa in giardino con cui mi devi aiutare".

Mi stava praticamente trascinando. Camminai più velocemente, così che la smettesse di tirarmi per il braccio.

Mamma gestiva la locanda tutta da sola. Non delegava molto, ed ero curiosa di scoprire cosa volesse che facessi. Le piante di cui mi prendevo cura morivano tutte, e non sapevo distinguere tra una pianta perenne e un'erbaccia. Perché mai una strega con il pollice verde aveva bisogno del mio aiuto? Mistero.

Osservai più attentamente l'abbigliamento di mamma, mentre percorrevamo il viottolo che costeggiava l'abitazione. La sua camicia di lino bianca e la gonna di lino beige erano capi firmati. Non solo erano completamente inadeguati per il giardinaggio, erano anche costosi. Ai piedi portava dei sandali beige con un motivo floreale.

Erano delle calzature estive molto carine, che non avevo mai visto prima.

Doveva averle acquistate di recente, perché avevamo la stessa taglia e non le avevo mai viste in una delle mie periodiche incursioni nel suo armadio. Mi insospettii all'istante.

"Cosa vuoi che faccia esattamente?"

"Lo scoprirai presto". Mamma accelerò il passo.

Mentre attraversavamo il parcheggio, notai l'auto sportiva di Brayden in uno degli angoli. Era parcheggiata molto male, occupava due posti in tipico stile Brayden, ovvero molto sconsiderato. Mi crollarono le spalle al pensiero di vedere quell'egocentrico del mio ex fidanzato. Brayden, che in quanto sindaco era anche il capo di Tyler, non aveva alcun motivo per essere qui. Ci evitavamo il più possibile, quindi qualcuno l'aveva costretto a venire.

"Mamma?"

Mi strinse il braccio ancora più forte e non mi rispose.

"Cosa sta succedendo?"

"Vedrai". Mamma fece un sorriso misterioso.

Non amavo le sorprese, soprattutto quelle che coinvolgevano il mio ex fidanzato. Ma mamma lo sapeva. Cosa stava combinando?

Quando svoltammo nel giardino sul retro, notai dei nastri di carta crespa bianca che pendevano dal tetto del gazebo. Davanti a noi c'era un arco alto due metri, coperto di palloncini rosa, dello stesso colore delle rose Queen Elizabeth che circondavano il gazebo.

Preoccupata, mi voltai verso mamma. "Qualcuno si sposa?"

"Shhh. Si mise un dito davanti alla bocca e mi avvicinò a lei, mentre un'arpa iniziava a suonare una melodia che conoscevo. La melodia era bellissima e inquietante allo stesso tempo.

Guardai il palco, sorpresa di vederci Lacey Ratcliffe. Non sapevo che suonasse uno strumento musicale, tantomeno l'arpa.

Dopo un paio di false partenze, trovò il ritmo giusto. Era una canzone che conoscevo bene.

Ecco la sposa,

Ecco la sposa,

La musica si interruppe all'improvviso, come se qualcuno avesse staccato la corrente.

"Mamma! Cosa sta succedendo?" Mi accorsi che c'erano delle persone, una ventina circa, tutte vestite in modo elegante e che ci fissavano. La mia voce era più stridula di quanto volessi, soprattutto in contrasto con la dolce melodia dell'arpa. Sentii gli occhi di tutti su di me e mi accorsi di essere l'unica vestita in modo casual, in jeans e maglietta. Mi vergognai dalla testa ai piedi. Era chiaramente un evento formale, e io ero vestita in modo completamente sbagliato. Mi sentivo nuda e avrei voluto sprofondare.

A giudicare dalle file di sedie ai lati dell'arco di palloncini, mi trovavo a un matrimonio improvvisato.

La presenza di Brayden all'altare non faceva che confermare i miei timori. Indossava lo stesso completo scuro che aveva comprato per il nostro matrimonio. La nostra relazione non aveva funzionato, tuttavia il completo era tornato utile. Brayden lo indossava per qualsiasi matrimonio, funerale ed evento formale. In qualità di sindaco, celebrava spesso i matrimoni. E questo era chiaramente un matrimonio.

Non c'erano ospiti alla locanda, e non sapevo di nessuno che si dovesse sposare in città. Di certo non avevo ricevuto nessun invito di recente, quindi chi si stava sposando?

Restai senza fiato.

Non era possibile.

No.

Non poteva essere il mio matrimonio. Non avevo accettato di sposare nessuno. Io e Tyler avevamo parlato di matrimonio, ma solo in modo generico. Volevamo entrambi qualcosa di semplice, sicuramente diverso da questo scenario così elegante.

I matrimoni riparatori erano un ricordo del passato, e Tyler aveva idee sicuramente più moderne.

E poi non eravamo neanche ufficialmente fidanzati.

Mi voltai verso mamma per avere delle risposte, ma non era più al mio fianco. La cercai tra i presenti, ma era difficile vedere bene tutto il giardino, con tutte quelle teste. Dov'era andata e perché mi aveva abbandonato qui? E perché non mi aveva avvertito dell'abbigliamento formale, evitandomi questo imbarazzo? Una sensazione di terrore mi si formò in fondo allo stomaco.

Perché ero l'unica a non sapere che stava per essere celebrato un matrimonio?

Stavo cercando una via di fuga, quando i miei occhi incrociarono quelli di Brayden. Mi sorrise e mi fece l'occhiolino.

Zia Pearl si materializzò all'improvviso al mio fianco. "Cendrine!" Era ora. Spero che non stessi perdendo tempo a scrivere quel tuo sciocco giornalino. Sanno già tutti cosa è successo a Richard, quindi è inutile farci un articolo".

"Non stavo..." mi interruppi. Non volevo litigare. "Questo è un... matrimonio riparatore?"

Zia Pearl strinse gli occhi. "Un matrimonio riparatore? Ma cosa dici?"

"Ho sentito quella melodia nuziale e ho pensato..."

Zia Pearl sbuffò "Ah, quella. Lacey ha appena iniziato a suonare l'arpa, conosce solo un paio di brani... Ci hai messo una vita ad arrivare, ho dovuto intrattenere tutti mentre ti aspettavamo".

"Che sollievo! Ho visto Brayden, e poi quando ho sentito la musica dell'arpa ho..."

"Cosa c'è che non va con l'arpa?" Zia Pearl mi zittì. "Se andava bene per Maria Antonietta, andrà bene anche per te. Pensi sempre solo a te stessa, vero Cen?'

"Non intendevo dire che..."

"Lacey si sta esercitando da settimane". Zia Pearl gridava così forte che le mie orecchie stavano per scoppiare. "Lacey! Suona l'altra canzone!"

La versione di Greensleeves suonata da Lacey sembrava fluttuare nella brezza. Ero rapita dalla musica bellissima, ma ancora non avevo idea di cosa stesse succedendo.

Volevo fare altre domande a zia Pearl, ma temevo le risposte. Decisi invece di godermi il momento.

Proprio in quell'istante, Tyler comparve al mio fianco, vestito con una polo e dei pantaloni di cotone. Per fortuna era vestito in modo casual come me.

Zia Pearl mi afferrò il gomito stringendolo un po' più forte del necessario e mi tirò a lato del gazebo, dove ora c'era mamma. Tyler ci seguiva.

"Ehm..." Zia Pearl mi lasciò il braccio e si voltò verso di me, con un'espressione solenne. "Meno male che ho investito così tanto tempo a insegnarti tutto ciò che so, anche se non hai assorbito molto. Sembrava tempo perso, ma finalmente, finalmente... ne è valsa la pena".

"Troppe informazioni" dissi, non comprendendo dove volesse andare a parare.

"Continua a provarci, Cen. Forse se ti impegni di più, un giorno sarai brava come me. I miracoli avvengono".

"Grazie, zia Pearl, che bel complimento". Voleva essere un commento sarcastico, ma non riuscii nel mio intento.

E meno male, perché ciò che avvenne dopo mi colse di sorpresa.

"Ehm...uhm..." zia Pearl si schiarì la gola e se ne andò velocemente.

Ma feci in tempo a vedere i suoi occhi che si riempivano di lacrime. Canticchiò per qualche istante, quindi fece diversi respiri profondi prima di schiarirsi nuovamente la gola.

"Dunque!"

Cacciò indietro le lacrime.

"Congratulazioni, Cendrine West! Sei stata promossa a Strega Senior!" Zia Pearl estrasse un rotolo di pergamena dalla tasca della giacca. Era legato con un nastro d'oro. "Volevo dartelo più tardi, ma immagino che un momento valga l'altro".

Le tremava il labbro inferiore mentre mi porgeva il diploma. "Ecco qui".

Sciolsi con cura il nastro dorato e aprii la pergamena. Era

un diploma. Il mio nome era tracciato con una raffinata calligrafia nera:

CENDRINE WEST
Ha conseguito il titolo di
STREGA SENIOR
completando il corso di studio previsto e superando le prove di
STREGONERIA E INCANTESIMI *della*
SCUOLA DEGLI INCANTI DI PEARL.

LA FIRMA in inchiostro dorato diceva *PEARL WEST,* in lettere giganti.

Cercai di leggere la riga scritta in minuscolo corsivo sul fondo: *La Scuola degli incanti di Pearl è un'accademia di magia accreditata dalla WICCA, Witches International Community Craft Association.*

"GRAZIE, zia Pearl. Ho avuto la maestra migliore". Una parte di me era entusiasta di avere finalmente superato un'altra prova e di avere il riconoscimento di zia Pearl.

Un'altra parte di me sapeva però che avevo già raggiunto le competenze di Strega Senior da tempo.

Nonostante ciò, era bello ricevere il mio diploma dalla scuola di zia Pearl e di vederla ammettere che i miei poteri soprannaturali fossero superiori a quelli di una strega junior.

Ovviamente sapevo da qualche tempo di avere padroneggiato gli incantesimi e di essere una strega professionista. Ma sapevo anche che era meglio tacere. In alcuni casi, i miei poteri avevano addirittura superato quelli di zia Pearl.

Ma alcuni segreti era meglio che rimanessero... segreti.

"Il merlot Witching Hour avrà anche vinto i premi di miglior vino nuovo e di vino dell'anno, ma c'è un vino ancora migliore" disse Tyler.

"La mamma ha vinto meritatamente" protestai. Perché stava insultando il vino di mamma?

Tyler puntò al gazebo, dove una bottiglia di vino bianco stava in un secchiello del ghiaccio, circondato da quattro bicchieri. "Posso presentarvi l'ultima novità della casa vinicola di Westwick? È così nuovo che non ha fatto in tempo a iscriversi alla sagra del vino. Lo Chardonnay Incantato, appositamente creato per la nuovissima strega senior".

Mi portai una mano sul petto e mi voltai verso mamma. "Hai creato questo vino apposta per me?"

Zia Pearl scosse la testa. "Non sono stata io. L'ha creato Tyler, con un po' d'aiuto da parte mia e di Antonio. Ecco perché Antonio era un po' indietro. Ci stava aiutando a prepararlo per tempo".

"Era questa la sorpresa". Tyler stappò il vino e riempì i quattro bicchieri.

Zia Pearl disse: "Ora posso rivelare la mia missione speciale, Cen. Sono stata impegnata a organizzare questa festa speciale per te. È la tua cerimonia da Strega Senior!"

Ero commossa. "Zia Pearl, è bellissimo! Hai fatto tutto questo per me?"

Si portò un dito alle labbra. "Lo sai che non possiamo dire a nessuno che sei una strega, quindi ho messo in scena un finto matrimonio. Così puoi avere comunque una bella festa. Ovviamente, adesso dovrete sposarvi per finta..."

Tyler rise. "Ti sposerei per finta tutti i giorni della settimana, Cendrine West. Vuoi prendermi come tuo finto sposo?"

"Lo voglio".

Vi è piaciuto "Brindisi con le streghe"?

Leggete il prossimo libro della serie, *Streghe in amore*

ALTRI ROMANZI DI COLLEEN CROSS

Trovate gli ultimi romanzi di Colleen su www.colleencross.com

Newsletter: http://eepurl.com/c0jCIr

I misteri delle streghe di Westwick

Caccia alle Streghe

Il colpo delle streghi

La notte delle streghe

I doni delle streghe

Brindisi con le streghe

I Thriller di Katerina Carter

Strategia d'Uscita

Teoria dei Giochi

Il Lusso della Morte

Acque torbide

Con le Mani nel Sacco – un racconto

Blue Moon

Per le ultime pubblicazioni di Colleen Cross: www.colleencross.com

Newsletter:
http://eepurl.com/c0jCIr

Lightning Source UK Ltd.
Milton Keynes UK
UKHW012004240123
415916UK00010B/177/J